当代杂文名家书系

冷眼看红尘

马亚丽 著

群众出版社
·北京·

图书在版编目（CIP）数据

冷眼看红尘 / 马亚丽著. —北京：群众出版社，2015.10
（当代杂文名家书系）
ISBN 978-7-5014-5427-3

Ⅰ. ①冷… Ⅱ. ①马… Ⅲ. ①杂文集—中国—当代 Ⅳ. ①I267.1

中国版本图书馆CIP数据核字（2015）第243851号

当代杂文名家书系

冷眼看红尘

马亚丽 著

出版发行：群众出版社
地　　址：北京市西城区木樨地南里
邮政编码：100038
经　　销：新华书店
印　　刷：北京普瑞德印刷厂

版　　次：2015年11月第1版
印　　次：2015年11月第1次
印　　张：8.25
开　　本：880毫米×1230毫米 1/32
字　　数：164千字

书　　号：ISBN 978-7-5014-5427-3
定　　价：32.00元

网　　址：www.qzcbs.com
电子邮箱：qzcbs@sohu.com

营销中心电话：010-83903254
读者服务部电话（门市）：010-83903257
警官读者俱乐部电话（网购、邮购）：010-83903253
公安综合分社电话：010-83901870

本社图书出现印装质量问题，由本社负责退换
版权所有　侵权必究

思想不灭 杂文不死 希望常在
（总　序）

朱铁志
《求是》杂志副总编

在群众出版社出版的"当代杂文名家书系"中，八位同行的作品名列其中。老友阮直兄嘱我写一点感想作为总序，犹豫再三，还是从命了。之所以犹豫，一是因为近年来工作繁忙，对杂文创作的整体情况缺乏应有的调查研究，所知有限，没有多少发言权；二是对于八位作者的了解不均衡，有的熟悉一些，有的不那么熟悉，缺乏知人论世的先决条件；三是对自己的判断能力越来越不自信：真理的相对性和判断的绝对性是一对矛盾，私心以为一孔之见的东西，别人看来可能一文不值，所以聪明人通常是谨慎而沉默的。好在我并不聪明，又兼八位作者的作品摆在那里，"鸡蛋"的味道如何，自可仔细品评，未必非要拜见"母

鸡"。借用国庆长假,清茶一杯,拜读佳作,也不失为一桩美事。何况我之所以斗胆作序并不是自认有资格,而是因为崇尚独立人格、独立思考、独特表达,是因为推崇自由之精神、独立之思想。在八位作者身上,我不同程度地发现了这种"三独"气质,看到了流淌在他们文字间的杂文精神,禁不住引为同道。尽管并不完全赞同他们的所有观点,但这似乎不至于成为我们彼此疏远的原因。君子和而不同,本是同志之道;杂文作者之间,更应具有求同存异的雅量、欣赏"异己"的胸怀。

有人说网络时代是杂文式微的时代,也有人说杂文已死,杂文家已亡,蕴含其间的悲愤与无奈不难体会。这样的说法,一方面道出了事实真相,即传统的、主要活跃于报纸副刊的杂文确实呈现出衰微的景象,与报刊发行量、广告量双双走低的整体趋势高度契合。另一方面,互联网特别是移动客户端的迅猛发展,从技术层面为人们的自由表达预留了巨大空间、创造了极大可能。一批思想深邃、材料丰富、文笔犀利的网络杂文异军突起,大有取代传统报刊杂文的态势,让习惯了在报刊园地挥洒的传统杂文家一时不知如何掌握文章分寸,妥善把持杂文的"度",变得像个"足将进而趑趄,口将言而嗫嚅"的"小脚女人"。从这个意义上说,杂文似乎确已式微、杂文家确乎半死不活了。

然而,这不过是事物的表象而已。如果把目光从报刊"花边文学"中稍稍移开一点,放眼"海量信息、实时更新、双向互动"的网络空间,就不得不承认,杂文非但没有死,反而以更加

总序

健朗的姿态、更加犀利的锋芒、更加多变的样式在更广阔的空间复活了。如果说传统杂文属于"小众写作",门槛相对较高,那么如今的网络写作则是典型的"众声沸腾"、"百花齐放、百家争鸣"。人民群众的知情权、表达权、监督权从未像今天这样得以充分体现。一个有出息、有抱负的杂文家,不必和"评论"争短长,无须抱怨网络抢了饭碗,应该从传统报纸副刊的小天地里杀将出来,努力使自己成为评论写作、杂文创作、网络耕作的"三栖动物",竭尽全力干好自己手中的活计就是了。本丛书的八位作者身份不同、年龄各异,既有我的前辈,也有我的同代人,更有风华正茂的七零后、八零后。他们没有止步于传统报刊,而是潇洒游走于实体报刊和虚拟空间两大地带,成为广受关注的杂文作者。

赵相如老师早年供职于《人民日报》,如今主持《华商汇》及其副刊的笔政,无论从事意识形态色彩很重的党报工作,还是主办民间刊物,都兢兢业业、一丝不苟,干得风生水起、异彩纷呈。作为杂文界的前辈,赵老师不仅几十年笔耕不辍、佳作迭出,而且在自己主持的园地里团结培养了一大批优秀作者,使《华商汇》成为一块全国为数不多的杂文热土。丰富的阅历、渊博的学识、勤奋的笔耕,使他的杂文干净清爽、老辣纯熟、绵里藏针,具有娓娓道来、从容不迫的美学气质。赵老师的杂文,极少有华美的词句、华丽的铺排,更没有华而不实的装腔作势。他的言说,倒像是阅尽世事沧桑的智者与后生秉烛夜谈,说的都是家常话,道的却是人间至真的情与理。

郭兴文先生长我几岁,属于同代人。但在我心目中,他早已是闻名遐迩、功成名就的大家了。郭兴文先生生长于人文传统深厚的陕西,大学时专攻文史,毕业后长期供职于《西安日报》,写新闻、办副刊、搞研究,样样涉猎,均有所成,著述颇丰,曾获韬奋新闻奖等百余奖项。深厚的文史功底使他的杂文具有浓郁的书卷气,他常将笔触伸向时间深处,在泛黄的书卷中寻找古为今用的资源,自如游走于古今之间,见人所未见,发人所未发。

我与阮直兄相识多年,时有沟通,是无话不说的老朋友。文人间的友谊少不了以文相识、以文相交、以文相敬。除了思想观点、审美趣味的契合,更兼声气相投、性格暗合。阮直兄,原名刘永平,从内蒙古到广西北海,一路南下,不仅将大嗓门喊到了南方,也把杂文之火烧到了那里。说到他的杂文创作,不能不提他对整个杂文文坛的贡献。他所主持的《北海日报》《北海晚报》是编发杂文颇多的地方报纸。熟悉如今杂文创作生态的朋友不难明白,这是多么不易。不仅如此,他还常常向各省市报刊毫无保留地推荐作者,许多知名和不知名的作者经他推荐走了上杂文创作的道路。他的古道热肠,是被朋友广为称道的。阮直的杂文创作带有鲜明的文学色彩,他始终把杂文作为文学的一个分支来经营,不屑于平铺直叙的所谓"直抒胸臆"。他的创作善于从细节出发,透过具象的观察得出宏大的结论,善于将理性的思考投注到感性形象的描摹之中。他创作的最大特点是幽默机智。机智来源于博学基础上的顿悟,而幽默不仅有先天性格的优势,更是一种智力的优越,这就难怪他的杂文常有一些

总 序

奇妙的构思让人拍案叫绝。

熟悉赵青云的名字,始于赵相如老师主编的《华商汇》。因为常在其中的"社情杂思"栏目中碰面,由知其文而知其人,逐渐成了朋友。在我看来,青云近乎全才:头顶复旦大学哲学博士学位,担任宁波海事局的主要领导,能文擅画,又有一手专业水准的篆刻技术。更为难得的是,他并不恃才傲物,为人极其谦和朴实,不失文人本色。他的杂文多从现实中来,重实际、接地气,具有浓郁的生活气息。在朴素的文字背后,常有奇思妙想;在平和的表达之下,蕴藏尖锐的批评。

本套丛书的一大特色是八位作者中有四位女将。这里单独强调杂文作者的性别,绝无性别歧视的意味,而是因为杂文这种特殊的文体似乎男性更加青睐,与男人性格更加契合。虽然这并非绝对真理,但证诸以往的杂文创作,却是不争的事实。以我十分有限的阅读经历,发现活跃或曾经活跃在当代文坛的杂文女作者实在有限,二十一世纪以来活跃的杂文女作者似乎更少。

多年前认识孔曦,有过两面之缘,也读过她的一些作品,算是老朋友了。孔曦的经历比较丰富,工学出身,做过技术员,当过刑事技术讲师,后从事报纸编辑工作,已有多部杂文随笔集出版。读女作者的作品,往往不自觉地有"女性写作"的先入观念作祟。然而我看了孔曦近期的创作以后,却吃惊地发现她现在的创作充满了男性作者也未必具有的阳刚之气。其思想之刚健、行文之果决、论断之坚硬,都让我对这位上海女人另眼相看。

至于高伟,说来有趣,我是通过她行走天下的儿子认识她

的。那个大三男孩独步青藏高原，不仅用自己的脚步丈量天有多高、地有多阔、人能走多远，而且洋洋洒洒写下了几十万字的游记，这在如今的独生子女当中实在不多见。我很好奇，这么好的孩子背后一定站着一位了不起的妈妈吧？是的，高伟便是。高伟系作家、诗人出身，博览群书带来的通达灵动，加上小说家细致入微的刻画描写，使她的杂文随笔带有一种作家气质。透过她文中涉猎的阅读范围，我也明白了她教子有方的内在秘密。高伟的杂文最为可贵的一点是她在针砭时弊的同时，常常毫不留情地解剖自己。女性的直觉一旦上升到哲学的高度，就很可能产生一种令人悚然而惊的力量和震撼。这个"一生只向真理低头"的快乐女子，善于把打击自己的力量当作自己的力量，因而具有双倍的力量。

马亚丽的名字并不陌生，从《杂文四重奏》中就已知道。作为东北老乡，我对马亚丽有一种天然的亲近感。她曾经做过环卫工人、绿化工人的经历，尤其让我肃然起敬。有人说杂文的门槛比较低，似乎谁都可以写，我完全不认同这样的说法。对于蹩脚的创作而言，小说、诗歌、散文，甚至所谓学术论文的门槛都不高，谁都可以操持，但结果却有天壤之别。流在血管中的是血，流在下水道里的只能是污水。马亚丽用自己的勤奋和才华，不仅改变了自身的命运，而且将作品刊发于全国各大媒体。她的创作徜徉于古今之间，善于从时间深处钩沉掌故，挥洒哲思。有人说她是"女子文学"中一枝挺立的奇葩，有侠骨剑气之勇、翠竹红梅之美、凌霜傲雪之姿。其文风俏皮流丽、峻拔犀利，融说理、

总 序

言事、抒情于一炉，于荒唐中见真情，于幽默中寓深意。

林永芳的存在是我孤陋寡闻最有力的证据。在八位作者当中，林永芳或许是最具学者气质的一位。这不仅是因为她在先后从事科技工作、理论工作和行政工作之余始终坚持有效阅读，更是因为她的独立姿态、她的桀骜不驯、她的旁征博引、她的表面平和冲淡实则锋芒毕露的文字。林永芳的杂文有思想、有文采、有锋芒、有力度。但当她面对网络时代众声沸腾的局面时，却谦虚地说自己"不会再有'文章济世'的天真幻想了。只不过，既然上天赐我尘世一游，既然观察未停止、思考未停止，既然偶有所思所感，不忍就这样任其散佚湮灭。相信独立思考的东西，总不会毫无参考价值。'思想超市'里的产品丰富一分，总胜过单调一点。倘能给他人以那么一星半点的共鸣和启迪，也就不算白写了"。这样的说法，或许无意间道出了如今很多杂文家的写作宗旨，具有相当的普遍性。

是的，文章未必是"经国之大业、不朽之盛事"，也肯定没有"一言兴邦，一言丧邦"的威力，但自由思想、自由表达，永远是创造的前提。这就是杂文无论怎样卑微，依然有其独立存在价值的原因所在。

2015年10月6日于北京

序

苏中杰

本书作者小马是位才女，而且是不一般的才女。她不但自学了汉语言文学专业的所有课程，还专攻先秦文学达两年多，业余时间还喜欢跳舞、听歌、画画。如果仅从这一方面看，那么她只是中国传统社会所要求的才女：懂得诗词歌赋，喜爱琴棋书画。这虽然不容易，但还没有走出中国传统才子、才女的模式。她与中国传统才女不同的是，她阅读了大量的西方经典文学作品。在中国出版界开始大量出版外国文学名著的那些年月，她一整套一整套地往家里搬，一整套一整套地读，深受人文精神的影响。这个阅读和吸收，是她在学汉语言专业之前完成的，使她能比较清醒地认识自己所面对的世界，又有汉语言文学所滋补的艺术修养。所以，小马不是一般的才女。

小马又是位奇女子。她出生于辽宁省本溪市郊的普通农民家庭，父亲虽然当过干部，但在官场上是坐"冷板凳"的，且远离

权术,所以家境依旧艰难。中学毕业后,她当过"马路天使"(扫路工)、"真正的园丁"(绿化工)、下岗工人、报社编辑、"私塾"教师……曲折,艰辛,劳碌,困顿,伴随着她的整个苦学成才过程和写作过程,使之蒙着一层传奇色彩,不能说不是一位奇女子。

从她的思维能力和其他潜质来看,如果接受系统的教育后有一份稳定的工作,如教师,她一定能成为像肖雪慧和崔卫平那样深刻的女学者。而命运却让她做了杂文家——才女的才情和奇女子的遭遇相碰撞,她所奉守的人文精神和眼前的现实相碰撞,思想的火花闪耀着文学的光芒,飞溅四射。这就是杂文,不写杂文是不可能的了。人们一般说起女作家,大多联系到"女子文学"。而说到"女子文学",总体印象是"脂粉味"和"闺中怨",或者"三角恋",卿卿我我,缠缠绵绵,恩恩怨怨,几乎与理性思考及其社会穿透力无缘,与杂文无缘。而小马文章的侠骨剑气之勇,翠竹红梅之美,凌霜傲雪之姿,与所谓的"女子文学"迥然不同。

这本集子是她杂文的一部分,在"女子文学"中是一枝挺立的奇葩,在整个杂文界也是比较有特色的。

不少人衡量杂文,首先想到的是思想含量,这当然很重要,应进行强调。可是我认为,思想含量高的文字,未必都是杂文,它或许是学术论文,或许是时评。其社会价值和巨大作用应充分肯定,但不是杂文,这与白面很重要但不是高级蛋糕是同一个道理。杂文属于文学,是以文学来承载思想的,所以文学性是杂文

序

的准入证。小马是手持这个准入证步入文学殿堂的。记得2002年春天，北京的一位书商朋友要编《中国杂文新八家》，要我帮着选，在将选入的杂文作家中，小马令人注目。她的作品离时评远，语言形象，手法别致，是走在文学上的。我向书商朋友建议说：这女子路子对头，特色强，应该算一位。后来我到南方去了，不知那书编成了没有。现在对于这个选本，我首先要说的，还是文学性。

在各个文学样式中，没有一个不难的，但杂文之难最为特殊。相对于其他样式来说，作者只要进入形象观察和形象表达即可，形象化程度越高，文学性就越强，因为一般不需要说理。而杂文的特殊之难就在于必须说理，同时必须具有文学的特质——形象化。这是个矛盾，解决得好了，才能进入文学之门。小马解决得比较好，这在杂文日益时评化的今天，是有一定意义的。

先看其语言美（这是进入文学之门的第一台阶，相当重要，因为文学艺术说到底就是语言艺术）。俏皮，流丽，峻拔，犀利，熔说理、言事、抒情于一炉，形象鲜明，是小马杂文语言的一个特色。讽刺、批判与形象描写一体化，如："说奴才身体好并不是说他们是四肢发达的傻子，他们更精明也更高明。只是用装傻装痴奴颜自贱来隐藏其聪明。历经千锤百炼，奴才的腰是柔韧的，膝盖是有弹性的，脸是灿烂的，胃口是大开的，嗓音是清脆的。"（《我想做奴才》）表达面对的困难："对人家来讲是小菜一碟，对我却是'满汉全席'。"写小秘书辞职之举是经过冷静思考的："请您不要以为我是发了四十度的高烧，我是

把自己的脑袋按进冷水盆里四次才做了这个决定的。"写不会拍马者的本性:"我血脉中奔流的还是握铁锤人的血液,没有任何一滴'人民公仆'的血液,父亲率真、坦荡、耿直的DNA没有丝毫变异地传给了我。结果,抡锤子的手怎么也拍不好马的屁股。"(《我的辞职报告》)写"羡慕"秘书之职:"我才去当了'城市美容师'扫了马路。那时你风光得让我眼蓝,好几瓶眼药水都没治好我的红眼病。夜里恨得想拿起木棒来揍你个人仰马翻,握扫帚的手都要把扫帚把捏成面条了。"(《与一个小秘书闲谈》)写当代李甲背弃当代杜十娘:"面汤,狗食也。视我李家为何兮,纤纤细腰一步三摇能歌善舞的小姐手捧南北大菜、生猛海鲜、法国白兰地、英国威士忌,款款而来。灯光暗暗的、幽幽的,才够那么一点儿吃的情调。十娘啊,想脱离苦海谋求好处在我李甲身边做事不出点血行吗?不把你整到孙富那怎的,李甲我乃富甲一方的李布政的公子,相当于现今省长的儿子呢。见过世面,甭想用面汤来承诺我的心!"(《杜十娘的"承诺"》)等等。综观全书,语言优美,且个性化很强,可谓杂文界绚丽的一景。

再看灵活多变的表现手法,则更见其文学性(这是迈入文学之门的第二台阶)。以动物在阴间开会来直刺现实:"老虎:……阳间允许一部分人先富起来,咱们阴间就得允许一部分动物强大起来。现在有些动物看到我们老虎的既得利益大了一点,就纷纷到阎王那里告状,要求变更动物等级体制,还要什么平等、民主。那样的话,就没了稳定的局面,稳定是最重要的问题。这是万万不行的道理，必须引起高度的重视。"(《动物来生投胎问题大会记录》)以禽言兽语表达现实哲学："小麻雀对着咪咪的羊说：'羊伯伯，为什么总剪你身上的毛？'羊回答：'不剪我身上的毛，剪谁身上的毛？哼！敢剪驴身上、马身上、狗身上、虎身上的毛吗？'"(《禽言兽语》)言此及彼，彼此互证，再来一次"新旧对比"，如《听爸爸讲那过去的事情》，令人深思。通过孩子天真的提问，揭示出一条常识：当下的"公仆"就是腐败分子(《妈妈，公仆是什么》)。贪官伎俩，人所共知，而换个表达手法，总结起来就格外有趣(《大贪在小贪会上的报告》)。以"协议书"所列内容，揭露官员与二奶的关系(《"二奶"与贪官的协议书》)。对于一些社会生活，表达得更是新颖别致，简洁凝练而又深刻："蜜蜂妈妈：你为什么一定要嫁蜘蛛？它没有权，也没有多少钱。女儿：妈妈您不知道，它有很强大的关系网，这可是能充分利用的资源。""豹子：黑熊弟，你的心和我的胆子真的那么大吗？黑熊：没有，肯定没有。你的胆子和我的心啊，都没有贪官的胆子大。"(《幽默动物》)写农民没法活，通过全家讨论孩子是否出外打工进行诉苦，生动感人(《小山是否该进城打工？》)。社会各阶层都说"今天是个好日子"，道出了"盛世"真相(《今天是个好日子》)。无论联系什么，都把现实装进去，让联系到的古今中外，成为抨击现实的引线。特别一提的是，还有这样的表现手法：无论写历史，还是以小说人物说事，可以进行时空转换，从而古今一体，现实与历史同时出现，由"荒唐"中见真实，于幽

默寓深见，别有趣致。

文学，只能是"这一个"，不能是"那一个"，就是说语言和表现手法都是自己的。与他人是有区别的，与自己也是有区别的：每一篇作品，都是有鲜明特点的独立体，有不同的方法。这是思想表达，也是审美创造，而不能像时评那样，可以面目模糊，也可以不讲求特色。我说小马的路子对，道理就在这里。

肯定文学价值，是不是就可以忽略思想意义呢？显然不是，我是先把小马的作品放到文学殿堂之后，再谈其思想意义的。否则，先谈时评和学术论文的思想意义，但那是另一回事了。

小马的思考范围是比较广阔的，社会、历史、人生、百姓疾苦、经济改革、官场腐败、宪政民主，她都表达，而且具体见解不同寻常。"孟德斯鸠在《论法的精神》里曾说：'如果对于专横已没有别的阻力，那么制造一点障碍总是好的，这是因为既然专制主义给人类带来可怕的危害，那么这个能够制约专制主义的坏东西自身也只是有好处的。'实际上，没有了这样的挣扎和对抗，也就没有了被体制所喜欢的唐僧式人物。这种集团体制既产生了唐僧，也产生了妖魔鬼怪。"（《唐僧：体制内的宠儿》）

"其实，把一个杀了那么多无辜之人的魔鬼干掉，是最大的慈悲。可是神仙们有权力有义务管，却没管。""显然，他们在纵恶。他们在利用国王的恶行，来替他们管制天下弱小无名的臣民，以使他们在天上安逸地生活。" "别把神仙想得那么好，那么襟怀坦白，那么大公无私。关涉到了他们的利益，他们才会行动；动了他们的心头肉，他们才会下手，而且还狠着呢！无名之辈的生命算什么，干草一枝。"（《9996个和尚的生命告诉我》）如此深刻的思想，限于篇幅，就不多摘录了。

　　历坎坷，悲苍生；看人间，愤不平；燃生命，煮己膏；注心血，写杂文。走在这条道上，以正直刚烈的性格处世为文，熬的是自己。小马是个瘦弱单薄的女子。我第一次见到她时，是在2001年8月长春的全国杂文研讨会上，印象是这样的。2007年我住大连，6月，由北京回来时，经沈阳，在本溪见到刘兴雨、王重旭和她。她还是这样，只不过气色比以前好多了。她说她注意调养了。交谈中，得知她正在实施的创作计划不少，也都很有意义。我说，先悠着点儿，把"老本"保养好。时间长着呢，红颜冷眼红尘，先要"永葆红颜"，才能好好看下去！

目录 Contents

上篇 蠡测文化

一笑泯西周	003
小女子斗胆与孔子商榷	007
孔子：我不再去周游列国	010
三角形与武则天施政	013
想起秘不发丧	016
解缙那把杀自己的"刀"	019
皇帝的条子不好使	022
《且界亭杂文》书名的背后	025
专制权力的毒素	028
想起农村的"棍"们	031
专制追求什么	034
做梦做出来的灾难	037
焚书还会发生吗？	040
顶小蛇过街的故事	043
杜鲁门的弟弟为啥挖土豆	046

隆美尔的"氰化钾"	050
小沃森为何"提拔我不喜欢的人"	054
给总统们的一点小建议	057
戈培尔与希特勒之比较	060
幸甚，老边饺子、马家烧卖	064
福开森的捐赠	067
皇权下的人们	071
卡拉扬的"滑铁卢"	074
想起这几个人	078
乐府到底是做什么的	083
《新闻报》的发展与出售	086
荣誉是个什么东西	090
随感四则	093
他们不一定瞑目	097
梁山为什么没有未来	100
玉皇与宙斯之比较	105
刘文彩在今天	109
幸运的詹天佑	112
唐僧：体制内的宠儿	115
9996个和尚的生命告诉我	120

目 录

下篇 亦真亦假

李自成对话黄巢	125
我是崇祯吊死的那棵树	129
我想做奴才	132
毛著中得到的答案	135
今天是个好日子	138
夫妻闲话录	140
孩子：你还要来这个世界？	144
听爸爸讲那过去的事情	147
禽言兽语	149
动物来生投胎问题大会记录	152
幽默动物	156
妈妈，公仆是什么	159
醉官之言	162
大贪在小贪会上的报告	165
"二奶"与贪官的协议书	168
狱中的贪官怎样生活	171
我的辞职报告	174
与一个小秘书闲谈	178
一个母亲的遗言	181

太爷爷的手杖	184
假如世间真的有轮回	187
小山是否该进城打工？	190
我拿什么奉献给您	193
可惜，爷爷回不到汉朝	196
一张座位票的见闻	199
称呼透出的道理	202
阳光剥去罪恶外衣	205
不是遥远的现实	208
我可不敢监督	211
盂兰盆拜忏会见闻	214
杜十娘的"承诺"	218
"夜访"鲁迅	220
有的人这样说	224
一个专制家长的话	227
有这样的百姓，幸福	229
我不想……因为	232
你这样对我说	234
民女致贪官情妇们的一封信	237
后　记	240

上篇

蠡测文化

» 一笑泯西周

西周的周幽王是一个腐败的君主，他有个爱妃即现在的"二奶"名叫褒姒，长得很靓，虽然很靓，但是"从未开颜一笑"。为此，周幽王贴出一个告示："谁要能叫娘娘一笑，就赏他一千两金子(当时把铜叫金子)。"重金之下必有勇夫，重金之下也必有谋夫。于是一个叫虢石父的佞臣想出了一个馊得不能再馊的主意：点起烽火戏诸侯就能换取"二奶"一笑。一天傍晚，周幽王带着"二奶"褒姒登上骊山烽火台，命令四下点起烽火。诸侯们看到了烽火，以为西戎(当时西方的一个部族)来犯，迅速领兵赶到城下救援，但见灯火辉煌，鼓乐喧天。一打听才知是周幽王为了取悦"二奶"而干的荒唐事儿，诸侯们只好气愤地收兵回去。褒姒见状，果然淡然一笑。"烽火戏诸侯"与"千金一笑"就出自这个故事。"二奶"褒姒这一笑倒是蛮灿烂的，周幽王也开心得不得了，不过人家一笑是泯恩仇，这个"二奶"一笑却泯了西周。

故事中说事隔不久，西戎果真来犯，虽然点起了烽火，却没

一个援兵赶到。有人说是诸侯怕再次被欺骗,而不来了。以笔者一孔之见,倒不是怕再被欺骗,而是不怕他周幽王了,已看出这个上司没啥能水儿,没啥前景来号令天下诸侯了。如果周幽王有力量来辖制天下,被戏的诸侯还是要来的。西戎来了也好,西戎不来也罢,出兵打仗花的不是自己的钱,而是他周幽王的钱,来凑凑热闹,看看又演了什么戏,又搞了什么节目,又玩了什么花样,也是很好玩、很有意思的事。在周幽王这个最高首脑面前露露脸,展示一下自己,表现一下自己,还是很有好处的。这样的事情各位诸侯会不明白?可关键是周幽王的肚子里只长了个讨好"二奶"的肺子,没长如何辖制诸侯们的心肝。人家诸侯来为你周幽王卖命,你还戏弄人。今日看见烽火燃起,自然爱来就来,不爱来就不来,周幽王一点辙儿都没有。如果周幽王能做到即使骗了他们这些诸侯,诸侯也必须服从命令的话,就不会出现诸侯们罢战不出的事。周幽王这个傻瓜只着迷"二奶"的笑,却不着迷自己的权力,不会两项并抓,更不明白没有后者哪里还有前者的道理。

喜欢漂亮女人的不只是周幽王一个人,古今一样,中外一样。湖北省天门市原市委书记张二江,从1989年至2001年7月的12年中,他与老婆之外的107个女人有染;江苏省建设厅原厅长徐其耀,先后包养140多个情妇,创造新的历史最高纪录;深圳市沙井信用社原主任邓宝驹在不到3年的时间内,不仅包养"二奶",还有"三奶"、"四奶"和"五奶"……107个女人也好,140个女人也罢,肯定都不是虎妞的模样,张二江等人也绝不会玩空手道，也是用千金万金来逗这些女人开心的。有人指出95%以上的贪官都有"情妇"，通过什么办法调查来的说不清楚，说得对与不对我也不是很清楚。对不起，有点扯远了，还是回到西周时期。西周的诸侯们不仅是人，还是统霸一方的有权力的人啊，那时的他们会是什么样呢？

周幽王这般讨好褒姒这个西周"二奶"，上行下效的事情不可能不发生。诸侯们看着周幽王那样做，回去后可能正忙着向周幽王学习，为获自己"二奶"那一笑或一哭，而绞尽脑汁这样或那样地戏自己诸侯领地里的百姓们呢，反正想怎样戏老百姓就怎样戏老百姓，可以由着自己的兴致来。何况你周幽王能用烽火戏我们诸侯，我们诸侯为什么就不能也用类似的"烽火"来戏戏你周幽王？周幽王你建剧院、搭舞台、盖别墅，舍千金抛万金逗"二奶"褒姒高兴，难道我们诸侯就不能用百金千金逗自己的"二奶"或"三奶"、"四奶"快乐吗？

"上有好者，下必甚焉。"各诸侯的腐化只能比周幽王有过之而无不及，因为他们会攀比谁的女人多，谁的女人更漂亮。女人多和漂亮的另一层含义就是给女人的钱财、物更多、更好。钱财、物不是看不见的鬼，而是有形的物质。他们手下的人难道就一点都不知道他们在骗人、在腐败吗？一点都不知道他们的那些丑陋行为吗？为什么他们能在那么长的时间里为所欲为独霸一隅？为什么他们手下的人明知被骗还能听从他们的号令？因为他们有权，因为他们有决定手下人命运的权力，即使他们腐败。周幽王没有决定诸侯们命运的权杖，没有令诸侯们恐惧的资本，

只有一个有名无实的名号,他能做到让诸侯们来就马上跑来?不可能,绝对不可能。人家诸侯们正和大大小小的"二奶"们"笙歌归院落,灯火下楼台"呢,哪里顾得上周幽王你是灭国还是灭身。

西周,在褒姒和诸侯"二奶"们此起彼伏的欢笑声中走进了坟墓。

» 小女子斗胆与孔子商榷

孔子先生,您素有"圣人"之称,别说是俺们小女子,就是历朝历代的皇帝都要到您面前拜上几拜。大约自宋朝以来,中国就有"半部《论语》治天下"之说,谁敢在您的面前说个不字?但小女子今日又读您的《论语》,就突然有了与您商榷的欲望。您向来有"诲人不倦"之精神,且有"后生可畏,焉知来者之不如今也"之看法,所以,俺也就放心您不会怪罪报复我了。

您说"不患人之不己知,患不知人也"。也就是不要担心别人不了解自己。你想想,只希望天知地知的事情,能不怕人知道吗?了解的结果是什么,谁能不明白?虽然有些事情是公开的秘密,但还是怕人家知道。知道了,小尾巴就被揪在人家的手里,受制于人的滋味,圣人您是知道的。所以,做起什么事来,组建的人员都是自己的喽啰,也就是"说你行你就行"一类的小团伙。另外,不怕别人不了解自己?都什么时候了,谁不是在时刻地表现自己推销自己,大张旗鼓地宣传自己。怕人不知道,差不多希望每张报纸、每个屏幕就他一个人呢。

冷眼看红尘

孔圣人,您的这句"患不知人也"嘛,还有些对。了解掌握了别人,那好处是大大的,所以,有些人钻天盗洞地了解别人。再者说,知道、了解了人家,喜欢酸的,做醋,喜欢甜的,酿蜜,结果是啥,俺不大知道,但俺知道您的这句话是圣语。

您说"不患无位,患所以立",更让小女子困惑。俺家邻居小儿大学毕业,能力、水平是不错的。可就是家里穷,爹娘口挪肚攒供了几年书,现今就进不了单位,和中学毕业的同学倒弄苹果。像这类小儿多的是,圣人您的话就有点那个了。某副手雇人杀他的上司,患的不就是位置吗?有位置了,就能立,想立啥就立啥了。否则,他哪里愿冒这样的风险呢。

您又说"君子之德风,小人之德草。草上之风必偃"。此言差矣,哪里还是君子之德像风一样,小人之德像草一样;倒是"小人之德风,君子之德草"呢。不信圣人您瞧瞧,"包二奶",已不仅仅是二了,能者都八九了;警察竟是黑社会的老大,杀人如麻;政法书记青天白日上街抢劫;局长嫖娼而死,竟是"因公出差,以身殉职"。当时,小女子我看了还以为是小说和戏剧呢。您看看豆腐渣工程背后的"猫腻",瞧瞧我们异常老实的农民被迫无奈告状却被割了舌头的事,您就知道您的话是多么不正确。小人之风有将君子之风"偃"之趋势。

您说"君子不重,则不威"。小女子理解就是人不自重,就不会有威严,此言更差矣。您看现在的某些人,在台上一、二、三、四的,威不威?威。重不重?重。至于台下的事俺可是不敢随便乱说的,反正俺听说过这样一句话:"腐败就在前三排,根子就在主席台。"俺知道原四川省交通厅厅长刘中山说的"喂，保安吗？把这个行贿的给我赶出去"。结果，豪宅里有140万的"奔驰"、1300万的银子。像原兰州钢铁集团公司的总经理张斌昌在大会上讲的："现在是兰钢的困难时期，组织上让我来是和大家同甘共苦的，不是来享受的，为此我约法三章：第一，不用兰钢的钱为自己买小汽车；第二，不用兰钢的钱为自己买房子；第三，不乱花兰钢一分钱。"台下一片掌声，实际上，拿了几百万。多重、多威的言语，可是呢？

孔圣人，您的话还是正确的多，只是小女子读的书少，才"无知者无畏"，才这么大胆和您商榷。说句心里话，您仍是圣人，"君未见好德如好色者也"，"富与贵，是人之所欲也，贫与贱是人之所恶也"，以及"天下之无道也久矣"等等等等，还是让小女子佩服得举双手赞成的。

冷眼看红尘

» 孔子：我不再去周游列国

那夜我拜见了孔子。我告诉他，我与他商榷的事，好几个人知道了，很感兴趣，都鼓励我再拜访拜访。小女子我也就借着夜色大胆再拜问拜问。我说："我读你的《论语》时就非常羡慕你能周游列国，想到满世界去游玩该是多么快活的事情，但让我纳闷的是哪本书上都没提你带了夫人去周游，一个人在外14年那是够苦的，这让我百思不得其解。现在，改革开放搞活了，你老先生还会去周游列国吗？"

他说：吾那时，一腔报国热血，可是周游从鲁国始到鲁国终，没有一个重视吾的政治见解。不重视就不重视，莫加害吾也，晏婴就欲加害吾。吾向齐景公求救，齐景公说，"吾老矣，弗能用也"。吾只好仓皇出逃鲁国，那些报国之志备受摧残，哪里是周游，是逃亡的14年。吾讲的"仁义、道德"没有一人接受，讲了也白讲。国君们都知道"其身正，不令而行，其身不正，虽令不从"的道理，可国君们是不爱责己宽人的。满腔爱国报国之心在14年的周游中被轧得鲜血淋漓，只好灰溜溜回家教几

上篇
蠡测文化

个学生了。再活500年，吾也不周游了。

周游列国那是要很多银子的，吾乃穷教书的，虽有弟子三千，工资也是常欠的。现如今游列国，不是公款是游不成的。那门票就能把人砸昏，算了吧，游列国。小女子，你也是识几个字的人，读的新闻也不算少了，问吾这问题，真乃女子也。

银子是一回事，最伤吾怀的是没几个人认真听。吾素来认为应以爱民，富民，取信于民，举贤授能的德政来治理国家，坚持"一日克己复礼，天下归仁焉"。但纵吾讲得唾液横飞，人家我行我素。吾曾夸下海口"苟用吾者，期月而已可也，三年有效"。没一个人举贤授能。现时，你们那已是物欲横流、人欲横流了，钱成了百发百中的子弹，吾继续讲仁义道德那是空手道，有几个相信？有几个共鸣？周游列国那阵儿人家就是若即若离的，不受欢迎。现在，吾再去"游说"只能处处吃亏，处处碰壁。识时务者为俊杰呢。

本以为吾说的"不能正其身，如正人何？""政者，正也。子帅以正，孰敢不正？"的话，国君会听进一二，并身体力行。吾常听他们积极地宣传"以德治国"，所以才大胆提出。莫想到，"仁义道德"只是唱给颜回这类穷小子的。小女子，你知道，中华美德还剩下多少？听说苏中杰小文人有篇什么《患者无良知先生的就诊报告》写得很好，好多学生都模仿着写了。再讲仁义道德也是难以力挽狂澜的。只能是螳臂当车，周游列国没了意义，没了价值。用你们现在的话说就是无法实现个人价值了。

小女子，你们那"见贤思齐焉，见不贤而内自省也"的人有几个？告诉吾；相信"人而无信，不知其可也"的人还有多少？告诉吾；知道"不能正其身，如正人何"的人还有几个？告诉吾；信行"己所不欲，勿施于人"的人还有多少？告诉吾。吾焉能再去周游？

听说吾被奉为世界文化名人，吾文《论语》隔山跨海飞到了美利坚、法兰西。吾要游的话也是要到那里去游。小女子，你要去可以带着你，吾虽曾说过"唯女子与小人为难养也"，但时代不同了。

» 三角形与武则天施政

　　以前读关于武则天的书时，虽然知道她残暴得杀人不眨眼，但也佩服她的用人胸襟、气魄与执政策略、办法。后来继续读关于她的资料，我开始思考她成功施政的理论基础。

　　近日看了点西方的有关社会结构方面的书籍，我才寻找到了武则天成功的理论依据。武则天肯定没有读过这类的书籍，但她的行为做法和西方关于社会结构的论述真是有着奇特的相似之处。在《西方社会结构的演变》（1985年，四川人民出版社）这本小书里，知道皇权、贵族官僚、平民三者的力量均衡为均角三角形时，封建社会相对平稳，而当任何两者相联合，另一方就危险了。武则天使用的政治手段恰恰就符合了这个三角形规律。

　　武则天代表的自然是皇权，而皇亲国戚官僚则是典型的贵族，平民自然不用说了。武则天当政，对皇亲、国戚、朝臣进行了残酷的杀戮与镇压，铜匦成了权贵者的地狱之门，而不是只有满意和非常满意两个答案的摆设。"防民之口，甚于防川。"她使这个特权阶层力量受到了巨大的打压，这一特权阶层受到打

压,平民阶层不一定得到多么大的好处,但在心理上,他们知道特权阶层不是可以随便乱来、到处"叫嚣"的。还有就是大批枉法朝臣权贵被诛杀后,大量职位空缺出来,更多的人有了进入这个空缺的机会,而不是美丽的只能远望却不能走进的海市蜃楼。

武则天开拓了一条让平民进入权贵阶层的大道:增加了科举考试名额,完善了殿试制度,甚至通过"自荐"获得官职。尽显当时的公开、公正、公平原则,让更多的人对自己能否进入公务员行列,担心的是自己的水平问题,而不是量身定制的"萝卜坑子"。武则天一脚将门阀士族的优越特权踢出殿外,豪贵在铜匦面前再不能为所欲为。庶族出身的官员,也不再因门第贫贱而受耻受辱于人。凡能"安邦国"、"定边疆"的人才,她不计门第,不拘资格,一律量才施用。这样一条大道,让更多的平民站在了武则天的一边。琅琊王李冲、越王李贞、唐初元勋徐世绩之后徐敬业等贵族官僚阶层相继举兵讨伐武则天,为何很快平息,很快被镇压?固然与她的铁腕有关,但平民没有站在贵族官僚这边的力量不可低估。

对农民,武则天施行优抚政策。"建国之本,必在务农","务农则田垦,田垦则粟多,粟多则人富"。她还规定,能使"田畴垦辟,家有余粮"的地方官升任,而不是卖地多了,楼盖多了就能升官。"为政苛滥"的"轻者贬官,甚至非时解替。"农民的命在土地里,谁滋润他们的生命,谁就拥有了他们。谁让农民因为土地与房子而悲鸣时,谁就成了农民的敌人!"请看今日之域中,竟是谁家之天下!"百姓不管是武家还是李家的天下，他们看的是谁家能给予他们安康的生活，宁静的村庄。这样的口号，注定不会获得平民多少支持。武则天的智慧，在于没有把平民当成"屁民"。在封建中国，农民向来是被利用的人，因为他们实在太苦，实在太贫，实在太难了。如果连利用都不屑了，就剩下赤裸裸的欺凌敲诈，那么注定"鲁难未已"。

武则天的皇权向贵族官僚力量倾斜时，武则天自己也就走到了末路。皇权和官僚贵族利益一结合，两者力量远远大于平民百姓的力量，欺压的便是平民，对百姓进行物质上的掠夺占有。唐玄宗的"开元之治"不过是昙花一现，随之而起的便是腐败丛生。唐玄宗的享乐，杨贵妃的奢靡，"一人得道，鸡犬升天"，还有"朱门酒肉臭，路有冻死骨"。经验告诉我们战乱不是在一方的享乐中产生，就是在一方的贫困中爆发。我想说，看一个政权还有多长的寿命，只要看看他的官员正在做什么样的事，他的人民正在过什么样的生活就知道了。遏制权贵力量而向平民一方倾斜时，想不稳定都不行，因为平民的要求真的不高。

武则天一唐朝女子尚能如此执政，着实令吾国女子颜面有光！

» 想起秘不发丧

前几日和朋友谈起传闻，后来扯到死亡，又扯到皇帝的秘不发丧，于是就有了本篇题目。

即使是我类"屁民"死了，总要立刻通知他的"屁亲"和"屁友们"，但大人物如皇帝们就不一样了。死翘翘几天了，眼珠子都烂没了，手下大臣们还在朝门外"吾皇万岁万万岁！"如著名人物提到的秦始皇，魂归阿房宫不知几天了，每到一处，还照旧按例进膳，吃点红烧肉啊什么的。百官奏事，也由宦者在车内应答，不幸的是一代"死"皇要在炎炎夏日与腐臭鲍鱼为伍了。始皇后来的皇帝汉高祖刘邦，我们熟知的《史记》里也记载，"高祖崩长乐宫，四日不发丧"，还有以后的魏晋唐宋元明清朝，都出现过时间长短不一的秘不发丧之事。

这样的事情，外人都懂，因为在权力没有再分配、再决出谁胜出谁败北之前，是不能把老权力者的病讯、死讯告知天下的。因为专制权力的产生本身就不是透明的产物，要么明抢，要么暗夺，权力只是黑箱中弄出的一个见不得阳光的怪胎，就像清朝金

上篇
蠡测文化

銮殿上正大光明匾下的小匣子，每次去故宫看到这几个字都觉得滑稽得很。一个新皇帝的产生，大都是各权力股彼此较量的结果，期间的阴谋和肮脏不可为外人道也。而这样的新皇帝必定像马基雅维利《君王论》中所说的："无论是凭借他人的恩赐的善意，还是依靠自己的机遇而获取国家的王位，都是极不可靠，也不稳定的。他们既不懂得如何去保持而且也没能力保持自己的君王地位。"那么靠什么使权力继续下去？历史告诉我们就是两手：暴力和欺骗都要硬，而暴力与欺骗无疑是专制国家的一个典型特征，新权贵们也以此来获得稳定的政权和局势。

死亡对于任何人来说都是天意难违，但在封建专制国家里，皇帝们的疾病与死亡却可以操控。在没有规划好之前，臣民们不能对此有任何的公开言论，那是专制国家的机密。大臣也好，黎民也罢，都必须有足够的耐性去等待，等待新一轮力量较量后的结果。因此，民间的私下"谣言"就如春天的柳絮一样，飞得哪里都是。

是封建专制国家还是民主国家，鉴别的办法一定有很多种，对于一个国家政要之人是有恙了，还是死亡了，采用隐瞒还是迅速直告他的人民，也是鉴别的一个办法。我在多家引擎上，搜索美国秘不发丧的总统们，结果一个也没发现。美国两百多年的历史，自然死亡，被刺被杀非自然死亡的也不少啊，怎么就没有秘不发丧这样的事情呢？后来看到美国宪法对总统死亡之后的权力安排是相当地清楚、明白、透明，别人想秘不发丧，想弄个什么猫腻，搞个什么鬼儿，那是门儿都没有的事情。人家不用去猜是

死了还是活着，也不用封锁是病了还是死了的消息，就像人家说的"美国总统的健康状况从来就不是秘密"。

　　没有秘密，是因为透明，一个不透明的封建皇权体制，人们是无法知道高高红墙内皇帝的安危病死。其实，反过来说，他的疾病生死对始终处于被奴役、被欺骗的命如草芥的专制国家里的百姓来说，又有多大的意义呢？管他是病是灾，是生是死呢？因为，一代代的皇权，都是专制，都是一个模子刻出来的。

» 解缙那把杀自己的"刀"

在我的印象中,因了"凡鱼不敢朝天子,万岁君王只钓龙",便认为解缙是个很会说话很会拍马的人。后来看了一段书知道解缙,也是个耿介不阿的人。

有一年,一个朝廷大官正在举行寿宴,解缙和一些同僚们都参加了祝寿活动。那时的官们基本上都是通过严格的科举考试进的官场,都是能文又能诗的有文采之人。这样的寿宴,肯定不会像咱们今天只会说点"祝你生日快乐"或"祝你寿比南山"之类的话,更不会闷头大块吃肉、大杯喝酒,是一定要吟诗作对的。有大才华的人,尽情展示自己的大才华;没大才华的人,展示自己的小才华。这样的场合最怕没有才华,还要去表现自己。大千世界,啥时代都有这样的人。在这个宴会上,同样有一个这样的人,他就是锦衣卫帅纪钢。锦衣卫帅纪钢是谁?那是大明朝代著名的克格勃头子,可以向皇帝直接汇报任何事情,权势无比。如此的场合,没有多少学识更没有才华的纪钢也不甘寂寞,也像模像样地作起对来。对这样的人,在场的聪明人因为他的地位只好

冷眼看红尘

忍着不吱声，可解缙看着这个没文化又装斯文又自鸣得意作联吟诗的克格勃头子，文人的那种不屑和气愤，一下子蹿了起来。于是，走到纪钢的面前向他说出一句："墙上芦苇，头重脚轻根底浅。"要纪钢对出下联。纪钢这个特务头子自然对不出。解缙笑着说："这俗对不是大人对不出，怕是懒得对。我自个儿续下联吧！"接着解缙自己说出下联："山间竹笋，嘴尖皮厚腹中空。"下联的意思，纪钢自然明白是在骂他。

解缙替自己也替在场的人出了一口恶气。出了这口恶气，只是一时之气，一时之快，当时固然很爽很快乐，可后果却是不堪设想的。解缙绝不敢得罪皇帝，却敢得罪皇帝手下得意之人。解缙知不知道这犯了为官的大忌？那是直接和皇帝单线联系的人，他在皇帝面前搬弄些什么东西，解缙你能知道吗？就是你解缙再有才华，再能对出让皇帝高兴的对子，也只是他的御用文人，而不是他的嫡系心腹之人。解缙为出自己和大家的一口恶气，付出了惨重的代价——惨遭纪钢的毒手。当然，解缙的死还有其他的因素，但得罪纪钢绝对是一个不可忽视的原因。人们都明白的"打狗要看主人"的道理就在这里。

解缙的行为，从官场的角度来看，是一种幼稚行为，从文人的角度来看，是文人的风骨。在纪钢诌出的提不起来对联后，解缙还可以有两种态度，一是不吱声，一是当堂拍案："好联！好联！"纪钢不会多么喜欢解缙，但在心里肯定不会记恨解缙。记恨是啥，是一把无形的刀。说不定在哪一刻就要掏出来，扎你两刀。解缙为出一口恶气，没有必要地给人家预备了这样一把刀。

上篇
蠡测文化

人家紧紧地握着刀柄,在皇帝身边寻找着谋害解缙的机会。官场最怕得罪人,你无法知道哪块地方打雷,哪块地方下雨,哪块地方来点冰雹。别得罪人,更别得罪有权力的人,是颠扑不破的真理。今天看来解缙就为出口恶气,太不值了。但作为20岁就考中相当于今天博士的进士的解缙,他只能把自己心中的厌恶发泄出来,不发泄出来解缙心里会很难受。这是每一个真正文人的共性。

文化是作品,政治是关系;文化是硬件的,政治是软件的。文坛上,在用自己的作品证明自己的同时,还可以根据自己的看法心情评价他人的作品是优还是劣,人品是好还是坏。官场是啥,是指官吏阶层及其活动范围。而在"活动范围内",哪怕他是权力者的车夫,也万万不可说他这不好那不好,说了就要倒霉。

解缙居官场却不知如何对待上司喜欢的人,能有好果子吃?同样明朝的张居正就很明白这个道理,把权力者欣赏之人弄得服服帖帖、高高兴兴,一个劲儿地在最有权力的皇太后和皇帝耳朵边夸他张居正。他俩的区别就在于张居正是政治文人,而解缙是个文人政治者。

冷眼看红尘

» 皇帝的条子不好使

本篇题目是发生在明朝末期的一件事情,即崇祯年代。事情是这样的:

相当于监察委员的言官熊鱼山、姜如农二位大人,本着自己的监察御史的职责,看到皇帝在政治上出现了错误,立刻就提了出来,用咱现在的话说就是把皇帝批评了一顿。朝中的权臣和太监,把他们二人关在刑部大牢里。到了半夜,皇帝寻思过味来了,就亲笔写了个条子,命令锦衣卫都督(近似于首都卫戍司令)骆养性连夜把这两个监察御史提出去杀掉。按说军人以服从为天命,但这位骆养性司令根本没服从,而是慢悠悠地坐下来,写了一篇言简意赅的奏章。第二天早晨,骆养性将奏本和皇帝的条子一起送给了皇帝。奏章上骆养性说,天下言官犯了罪,如果要杀他,应该明白地告诉天下,公布他的罪状,因为言官是代表全国的老百姓讲话的。要让全国老百姓都知道他的罪状,然后再规定时间杀他。现在凭你这张条子,而且偷偷摸摸地在半夜里叫小太监送来,要我夜里去杀他,我是不敢执行的。黄黄的堂堂的皇帝小条子，愣是不好使。

　　崇祯时期，朝廷腐败，民不聊生，千疮百孔，真正进入了朝廷灭亡的倒计时，但皇帝毕竟还是皇帝，他的条子居然被自己的卫戍司令给毙了。我真不知道是该替他高兴还是悲伤。以我的观察，别说是皇帝的条子，就是科里三把科长的条子或电话，都要屁颠屁颠地跑起来。否则，不堪设想。所以读到这个历史故事，真为骆养性捏了一把汗。那么为什么骆养性能这样？原因总是能找到的。

　　认真想骆养性的奏本意思，他是在说皇帝你没有遵照行政司法程序来办案，这是违法的事情。腐败的明朝到了这个时候，还在讲究罪刑法定和行刑程序，还有人在捍卫朝廷的"宪法"《大明律》，以及矫正"宪法"弊端的《问刑条例》。即使是至高无上的皇权，也必须在法律的受制范围内。骆养性能够凭借的就是这个法律。

　　表明法律还有与权力抗衡的力量。法律她还没有被践踏、被蹂躏到不成样子的地步，也还没有被强奸，或被强奸了还要说强奸的有理有据的程度，法律还在着一袭白衣立于污浊的泥里。历史流淌到今天，与法律相悖逆的政治笑柄，层出不穷。为了掩盖一个个违法的案件，又用一个个谎言来欺骗"不明真相"的众人。其实，每一朝代都不缺少像熊鱼山、姜如农这样的"言官"，只是"言官"到底有没有被保护的真正"宪法"。写在纸上的和写在事实上的，有着水火之别。当一件件法律事件，被践踏得体无完肤，流着悲戚眼泪时，法律的尊严，法律的力量，还

能有多少?还能有多少人相信法律?即使有所谓的法律,那么套用罗兰夫人的话,法律啊,多少罪恶假你的名义而行!无论陈胜、吴广还是林冲,绝不是律令的罪人。

从另一方面来讲,当法律到了无尊严、无力量时,权力也就即将到了寿终正寝的时候,连回光返照的时刻都没有。崇祯灭亡后,为什么还有人为明朝投河,为明朝再立新主子,必有其原因。也许腐败明朝政府里的一丝律令微光还在有些人的心中似明似灭地闪烁,因为他们还有一点相信。当无奈的人们已经不相信朝廷的法令,不相信朝廷的声誉,当非法行为让大多数人受到损害、欺凌、威胁时,人们要么拿起陈胜、吴广的"竿子",要么追随这样的"竿子"。法律能够被权力蹂躏、践踏、强奸,但法律也会以她潜在的影响力将凌辱她的权力掀翻在地,不得复生。约翰·洛克说:"当人们得不到公正待遇并普遍地受到压迫时,一有机会就一定会摆脱压在头上的沉重负担。"我接下去说,摆脱的办法绝不是羔羊温顺地让豺狼来吃掉它。

另外,需要说明的是,此案曾成为大明朝的案典。探究案典被人们传诵,骆养性能被人赞美(不论其以后的事情),只能说明在专权社会里,权力凌驾法律,并奴役法律的事情太多了。

如果你关心两位言官的结果,我告诉你:皇帝看了骆养性的奏章反而笑了。熊、姜二人的命保住了,而不是活不见人,死不见尸。

》《且界亭杂文》书名的背后

说到"且界亭"这三个字,大家无疑第一个想到的就是鲁迅。读初中时,我知道鲁迅因为住在上海的北四路即所谓的"半租界",因而把自己的杂文集起名为《且界亭杂文》。在读了《追寻失去的传统》(傅国涌著,湖南文艺出版社出版)后,我突然觉得以鲁迅的才智,他给自己的这本书起的这个名字并不像当初老师告诉我们的那样简单。

在《追寻失去的传统》这本书中,知道鲁迅在上海办杂志被迫停刊,"1928、1929这两年,他曾受到'极少写稿,没处投稿'的威胁。到30年代,他常说'没有了任意说话的地方','压迫是透顶了'!1934年年初,鲁迅已出版的著作全部成了禁书,他经常投稿的几个报刊有不少被封了。……'在日报上,我已经没有发表的地方'。"

鲁迅在上海面对的就是这样的情况,然而鲁迅的文章,鲁迅的书还是走向了当时的读者,走向了今天的我们。为什么?傅国涌的书告诉我们:"在上海租界的最后十年,鲁迅大量写作杂

冷眼看红尘

文、翻译外国作品，出版了大量杂文集、译作。有些作品书店不敢出，他经常就自己印刷、出版，随便编一个名称（如'三闲书屋等'），不仅以这种形式出自己的作品，萧红、萧军的成名作《生死场》、《八月的乡村》也是这样出世的。"

在"半租界"里，"鲁迅许多被查禁的书籍、他为瞿秋白编印的《海上述林》等，'以及几乎国民党查禁的各种进步书籍都是内山书店书架上常备的书目。'"还有，鲁迅"在结集出版时他把扣发的文稿通通收入，并一一说明；被删节了的文句，也一一按原稿补足，并加了黑点"。这个"且界亭"让我们读到了没被砍去"肋骨"和没被扼杀的好书。

特意查看了一下《且界亭杂文》，其中鲁迅自写的序言（1935年12月30日）里边有这样一句话："这本集子和《花边文学》，是我在去年一年中，在官民的明明暗暗，软软硬硬的围剿'杂文'的笔和刀下的结集。"在许广平的后记（1937年6月25日），里面有这样一句话："……又蒙内山先生给予便利，得以销行，谨当深深表示谢意的。"内山书店的老板是内山，许广平为什么特意点名感谢他，而没有点名感谢别人？以笔者笨拙之脑袋揣测：在租界地里才能出版自己和他喜欢的作品，认为"压迫是透顶了"的鲁迅内心会不会是感慨万千？鲁迅有没有因感谢租界地给予他的这一份自由空间，而将书起名为《且界亭杂文》的成分呢？取"租界"的一半"且界"，是不是认为租界本身有坏的一半，也有好的一半？有恨的一面，也有爱的一面呢？

以前看到或听到"租界地"三个字，就爱联想到"华人与狗不得入内"。虽然我不知租界地与"华人与狗不得入内"到底有着什么样的关系，但从我所学的教科书上得知"租界地"对我们中国人来讲，那曾是耻辱。知道了鲁迅的书能在租界地里得以完整地出版，并堂堂正正地摆在书架上，就想租界地还积了点儿德，做了一点儿好事。要是当时没有租界地，鲁迅等人也就没有了那唯一的一点儿言论和出版的空间。今天我很为鲁迅等人庆幸，当时能有那么一点儿不正常的自由。鲁迅当时能不能也有我这样的一点儿庆幸呢？

  鲁迅的心是博大的，鲁迅的思想是深刻的。肤浅的我是永远也无法真正理解鲁迅的，所以，也许我的上述"理解"是不正确的。

冷眼看红尘

» 专制权力的毒素

想起这个题目，我自个儿不觉吃了一惊，权力这么好的玩意儿，谁不是昼思夜想。我就是恨不得哪天一大早睁开眼睛，一纸封我为官的"圣旨"落在我的枕头边。"早也盼，晚也盼，"不过至今也没有奇迹出现。

你可能说权力这么好的玩意儿，又是如此地盼，怎还能有毒素呢？我郑重声明：我至死都不会改口说权力不是好东西。翻开长长的五千年历史，权力引无数英雄竞折腰。但我也分明看见权力所吐出的毒蕊儿，毒死无以数计的人们。

刘邦与项羽看到秦始皇那浩浩荡荡的皇家车队，威风凛凛的侍卫，还有那么多的"不得见者三十六年"的美女。别说是堂堂的男儿，就是小女子我也羡慕得直拍大腿。据说秦始皇长得也不咋样，讲话写字更不咋样。但人们敬畏的不过是他手中可呼风唤雨的权杖。所以，各路英雄奋起行动。秦始皇为了权力活埋了无数的知识分子；为了权力"白骨露于野，千里无鸡鸣"的情景不只是魏晋之时才有。我似乎看到被吸干血汗的百姓倒在如蛇之权杖之下。秦始皇专制的权杖让"后人哀之而不鉴之"。只看到它美丽的花纹在那闪闪发光。

权力的毒素会时时发作，可以为此抛开一切。血缘、亲情、道义、良知等都会被毒素杀死。李世民在玄武门前用他那有力的双手拉开弦射死他的同胞兄长，老皇上李渊对如此大开杀戒的李世民非常识时务地让位给李世民，否则，李渊的血大概也要流到金銮殿上。好在他掌权后比较争气，盖了他杀兄逼父的丑名。但历史的簿子却写下了这段事情，虽然是封建专制皇家的权力之争，但充满了血腥味。

朱元璋这位由贫困之子奋斗起来的皇帝也无法排除权力的毒素。未登基和登基之初，他心胸开阔，深谋远虑，大度能容。严格要求自己，每到一处都拜访当地的名儒，听意见，听建议。立了很多相当于咱们八路军的"三大纪律八项注意"的条款。听取了老儒朱升的"高筑墙，广积粮，缓称王"的意见。生活俭朴、努力学习、打击腐败、惩治贪官，而且严惩不贷。日子长了，就不是这个样子了，挥起权力的鞭子。上演了"飞鸟尽，良弓藏，狡兔死，走狗烹"的节目，制造了无数的冤假错案。仅胡惟庸、李善长案就杀死1.5万人之多。连刘伯温这位为他立下大功的书生都不放过。为了他的政权，冤狱成灾。好多文字狱就是他不让人说"光、秃、僧"而造成的，因为他当过和尚。

还有唐玄宗，还有赵匡胤，还有……举不过来的。翻历史的账簿子，总是让人心情沉重，还是不翻为好。

权力的毒素在于能使人享受和威严，更在于没有监察和限

制。在为了维护这种享受和尊严下，在这种没有限制的权力下，人是很难在顺者如云、高高在上的权力中不头昏眼花的。头昏眼花的结果就是忘记自己是谁，忘记自己是谁的结果就是唯我独尊，唯我独尊的结果就是专制，专制的结果就是最后被消灭，权力的毒素就是如此发作的。

其实，每个皇上或执权者在初期之时，都想干点于民有好处的事，想把他统治的地方治理好，并不存心想怎样怎样。但在习惯了他的无限制的日子中，害怕失去这种权力，便会采用一切可能的手段，也会不惜一切代价去维护这种权力。当然，也有想让"监督监督"的，但历史上仅有一个包拯，而且，只玩了个打龙袍的把戏。只要有专制的体制存在，监督就是聋子的耳朵——摆设，别想以此把权力的毒排除掉。

消灭权力中的毒素，唯有消灭专制，还权力于民众。否则，多英明、多自律的个人在权力面前都难以克服。然而，这是历朝历代的封建专制社会所无法做到的。

» 想起农村的"棍"们

小时候,生活在农村,总有那么几个"棍"横行乡里,欺老凌弱,刁蛮霸道,他若看不上谁了,谁就要遭殃、就要倒霉,拳脚棍棒揍巴你一顿。结果乡里的头头就来劝解劝解,结果常常是"棍"们道个歉就完了。这之后,"棍"们依旧看谁不顺眼再揍巴他一顿。这类的事,在我们农村是经常有的,一点都不奇怪。

这么说其实也有些过,"棍"们的霸行也不是常胜的,有些宁肯被打死也不被吓死的就与"棍"们血战到底,痛快淋漓地打出自己的威风来,结果倒是让"棍"们怕了,收敛收敛其威风,惧了他三分。但大多数时间里还是"棍"们的天下,那些被打的忍字当头,大不过被打之后愤怒万分地叫喊几声,"你等着,你等着,我找人去饶不了你……"都是老百姓嘴巴边的话,我就不学了,但用我学的汉语言专业话说就是"愤慨啊,谴责啊","必须道歉啊"等一类语言。然后跑掉了,然后无声无息了,最多跑到乡里管事那哭两鼻子,也没什么结果,恨得我直想拿起刀来帮他一把。

当时，我最佩服的是那不要命也要跟"棍"们血战到底的人，认为他们顽强不屈，捍卫自己的尊严人格。但我现今却不这样想了，因为这样常常没什么好果子吃，倒是那些说些相当于"强烈抗议"啊、"道歉"啊、"愤慨"之类的话的农村人很让我佩服了，他们理智的光芒照耀了自己也照耀了他人，心平气和地面对"棍"们说出"以后啊，这类的事件不要再次发生"。然后悠然自得地去邻居家串门聊天，带着满脸被打的伤痕。这气度、这风采哪里是一般人所能修炼成的？！实乃高人才做得出的，一般人还欠火候，我现今佩服得五体投地呢。

想想也是，人家道歉了嘛。杀人不过头点地，人家也没把你怎样，又给了点钱，还能让人咋地？烟消云散就是了。继续过那种悠闲日子，又平静地面对一切，"忘记昨日的伤与痛"。但人家可不这样想，反正揍你白揍，所以，说不上某一天看你又不顺眼了，又赶上人家没事可干，闲得闹心，跑到你家又揍你两顿、打你两下。阿Q的劣根性在农村软弱的人身上会多次上演，结果依旧。像鲁迅说的那样："时间永是流逝，街市依旧太平，有限的几个生命在中国是不算什么的。"何况就被打那么几下子的，自然生气愤慨不了几天。一年年地流淌，一年年地传播下来，农村的"棍"们一代代地延续。

那时，我常发问：软弱的"愤慨"其作用能有多大？要求"棍"们道歉了又能怎样呢？"承担责任"又能承担多大的责任？达到什么程度？"类似的事情不要再发生"，再发生了又怎样？又如何？

农村的"棍"们的道歉总有真诚与否，疲疲沓沓说两句，在我看来谁都能说，千万不能当真的。到人家那里混闹一气，不道歉那么一言，说那么一语，也实在有些过不去，敷衍敷衍，来那么不疼不痒的两句也损失不了什么，与痛痛快快把人揍一顿相比划得来。想来，下次再找个什么理由揍一顿是无法算出来了，因为要看人家高兴不高兴了。总被无缘无故打一顿，又总是喊一阵无声无息不了了之，谁还能拿你当回事？如此这般软弱和忍受，他人的手自然要伸出来，白揍谁不揍。"枪头不使劲，枪把白费劲。"我当初义愤填膺要拿枪动棒的也是多余，只好像鲁迅先生说的那样，独自"哀其不幸，怒其不争"了，让其一次次愤慨，一次次必须道歉好了。但我依然满腔难过、满腔忧郁、满腔怒火，为我的乡亲，为我的同胞。

冷眼看红尘

» 专制追求什么

　　电视剧《康熙王朝》吸引了很多人，笔者也认真看了几集。剧中康熙有一句话很让笔者震惊，那就是"皇帝的权威比正确与错误更重要"。这句话让我思考了半个晚上。是啊，在封建专制社会，皇上是至高无上的，他至高无上的原因是他的权威，正确与错误对他来讲会有什么用呢？他还会思考多少的正确与错误？此时，权威才是他思想的核心，专制只是为权威服务的拐杖。

　　在专制体制下，处于权力之中的人，首先考虑的是其权力是否受到威胁，一部封建专制社会史就是在维护自己权威的血腥史，而在维护的过程中，已经顾及不到多少他的行动是否正确，是否符合历史的发展，是否顺从民意。一切行动已被权威是否稳定而左右，一切为权威而行动。

　　这种体制下的权威之所以动荡不平，根本原因是其产生的权力的基础造成的。其产生的基础本身就是不合法的，没有民意的根基。基本上是农民造反攻进城里而打下江山，这一"打"字就足以说明问题。"坐江山"的这一"坐"本身就要求平稳一些、

上篇
蠡测文化

舒服一些，而要平稳，就要想办法保证其稳定性。权力的宝座从来不是固定就谁的屁股坐的，"打江山容易，坐江山难"是也。然后，一代代地传下去，一代代在被抢权的处境中延续，直至被新的暴力所取代。当然，这种抢有内部与外部之区别。内部之抢谓之篡逆，外部之抢谓之推翻，词别意同，内容不变，形式变了而已。

每一专制朝代在建朝之初，都是以民众的利益为幌子，以"造福天下"为旗号，以圣君圣主的名号普度众生，充当大救星。似乎在历史上还找不到只以自己的利益召集天下之士为其打江山的。从陈胜、吴广到朱元璋、到李自成到洪秀权无一人。都是以救世主的形象高临尘世，但结果并没有普救众生，反而都在向众生倾倒灾难与困苦，众生盼了一个又一个，结果大多是失望的。但仍然在高呼万岁，万岁，万万岁。

专制权力者都努力从"万岁"中巩固其权力的稳定，想尽各种办法去保持这种"万岁"的场面。持不同意见者，在他看来那是反对，那是作对，根本不是对他的帮助和支持。其次考虑的是是否有篡逆之心，中国素有"防人之心不可无"之言。面对如此的权力，自然是忐忑不安了，忐忑不安中的权威会变得更残忍与无情，用残忍、无情使权力权威化，这是恶性循环的事情。就像越怕丢皇位，越使用酷刑，越使用酷刑，越有造反的产生一样。

这样的权势助长专制，专制又使这样的权势更加暴虐。专制权力在这种条件下做出的事情正确的不多，错误的事情却很多。翻开历史比比皆是。这并不是可怕的，可怕的是对错误的掩盖与

粉饰,用各种各样的理由来证明其错误的合理性,这比错误本身的性质更可怕,而专制权力惯用的伎俩常常是这样。

民众欲打破这种专制权威是要付出血的代价的。一些对权威进行深入思考的人们每每都要流泪、流血,他们也在不惜以鲜血唤醒更多的人,但总是被强权打得血肉横飞。

恐惧的心态是时刻存在的,专制者自己的权力是由团伙斗争打下来的,也极怕别人也用团伙、集团来谋取他的权力。时常把别人的理性思维、正确分析、相互切磋,看成集团帮伙,打倒一切,永世不得翻身。其实,不是不准集团的存在,而是要组成以他自己为核心的权威集团,为他服务。产生的基础决定了恐惧的必然。

此时,正确与否在专制的天平上还能有多重的砝码,权威已是天平的支柱,两边是利益与维护权力的时间,深知没有权威,一切都完了,都消失了。

在专制权力的国家,无时不在担心被篡权,而在民主的国家却没有这种忧心,掌权者首先要考虑的是他的政策是否正确,是否合乎人心,不正确、不合乎人心,他就要下台,他就要滚蛋。权力的威力只在民众手里,民主与专制的区别大概就在这里。民主考虑的是正确与否,而专制考虑的是自己的权威稳定与否。

» 做梦做出来的灾难

人长着脑袋,都会做千奇百怪的梦,据说婴儿出生就会做梦,只是他们还没有能力说出来。小女子我是个爱做梦的人,没有一个晚上不做梦,做个好梦心情就好,做个噩梦心情就糟。我这类的老百姓做梦除了这纯自然的生理之梦外,再多一点就是孩子上个好大学,生活充裕一点儿买个好点的房子等小梦想。大人物做梦可能就不是我们这样平凡而庸俗了,该是梦里梦外忙着"治国、平天下",顾不上"正心、修身、齐家"了。卑微的我无从知晓大人物梦中梦后的想法,从书里倒是知道了不一般之人做梦,可是会产生不一般的事情。

电视剧《西游记》里,灭法国的国王做了一个和尚诽谤他的梦,醒来后就许下一个弥天大愿,要杀一万个和尚。结果杀到9996个时遇到了唐僧师徒四人。那9996个鲜活的生命就因国王的梦而命丧黄泉。也许你会说那是艺术作品,是吴承恩和编剧的杜撰,纯属编造,那么下一个事情就绝不是杜撰了。

武则天当了皇帝后,在继承人问题上很是矛盾:传给自己的

儿子,还是传给自己的侄子,始终拿不定主意。有一天,武则天做了个梦,"梦见鹦鹉飞入,自折两翼,醒来甚觉奇异"。第二天早晨上朝问狄仁杰"这是何兆?"狄仁杰给了武则天这样的解释:"陛下姓武,鹦鹉就是寓音,两翼便是两子,陛下将二子保全,两翼自然复振了。"一直在把皇位传给侄子还是儿子之间犹豫的垂暮之年的武则天听了如此解释,才下定决心把皇位给儿子了。不谈论狄仁杰老先生的解释是对是错,只说一个人的梦竟然能左右皇位的继承问题。做梦的人不是"独善其身"之人,是主宰天下万万人性命的大人物,是指点江山的皇帝。她的梦自然就不是一般的梦,她的心思自然就不是一般人的心思。

古代中国是由迷信、专制、霸道的皇权来统治的国家,古代外国统治者是不是也像咱中国的皇帝一样做过这样的梦?前几日看《论法的精神》才知道古代的外国和中国也没有多大的区别,也曾迷信、专制、霸道过。在这本书的第12章第11节《思想之罪》里孟德斯鸠曾写下了这样一段话:"马尔西亚斯做梦割断了迪欧尼西乌斯的咽喉,迪欧尼西乌斯于是将他处死,说他假如白天不如此想夜里便不会做出这样的梦。"他们万万想不到,因梦,无辜的和尚们死了,因梦,可怜的马尔西亚斯死了,因梦,梦寐以求皇位的武氏侄儿从争夺皇权的战场上败下阵来。

我们不要从法的角度和马尔西亚斯的冤枉被杀来考虑,只想想两个杀人者迪欧尼西乌斯和灭法国国王的行为有什么区别?他们杀人的动因都是什么?小小的纯自然生理做梦,结果如此相同,又是为什么?

他们是统治者,是有权力的专制统治者。梦,谁都可以做,却要看是谁做的,做的又是什么梦。因为不一般之人相信了所做的梦,关涉他人的前途,关涉他人的性命,关涉国家的命运!权力者可以做好梦,也可以做噩梦,但不能拿自己的梦,来蒙骗祸害民众。偶然又想到,布什做的梦会不会在两院上产生影响?

冷眼看红尘

» 焚书还会发生吗?

近几日,不知为什么,总让人想起焚书这件事。有点文化的都知道秦始皇焚书坑儒。他22岁正式加冕是进行过一番苦斗的,而权力集于一身更是费尽辛苦,好在终于形成高度的集权统一。实现了他的专制统治,希望这统治能千世万世地传下去,才采取了李斯的"好"主意。结果经、史、子、集被烧毁,数以百计的知识分子被活埋。浓烟滚滚,火光万丈,哭声连天。结果非议并没有减,反而更多了。不但读书人恨他,就是草民也仇恨他,希望能传万世却只传了二世,就完蛋了。

什么事情想要斩尽杀绝是不可能的,相反,倒会如雨后的春笋那样冒出来,我们今日还能读到那时的书就是明证。秦始皇为自己创成了焚书的暴行鼻祖,也埋葬了自己。历史总是有那么多相似的地方,也许是秦始皇的阴魂未散,让魔鬼来人间捣乱,让人去效仿他的暴行。

60年前,希特勒同样实行严酷的文化专制。在1933年5月10日夜晚,在柏林市中心剧院广场,希特勒像秦始皇一样点燃熊熊烈火，焚烧了包括海涅、马克思、弗洛伊德等人的作品在内的两万多册图书。也像秦始皇一样对进步思想家进行残酷迫害，大多数作家背井离乡，含泪离开祖国，逃往国外。上演了一幕焚书迫害思想家之剧。

离1933年不到40年，历史又出现惊人的相似一幕。"文化大革命"真是文化革命，也同样是各类的书籍被抄被烧，只剩下一种像秦始皇当初只许保留秦史一样的语录。也同样是作家、科学家被迫害，只是他们没有逃往国外，而是被关进"牛棚"变成了"牛鬼蛇神"。戴上高帽子整日被游街，每日必"脱胎换骨"，每日必"重新做人"。接受"阴阳头"的待遇，不得"翻身"的礼遇。好多人无法忍受精神与肉体的痛苦而投河、上吊、卧轨，活下来的大多是有金刚不坏之身。整个中国人只剩一个脑子，一张嘴，一个心。从某种意义上讲，是另一种坑儒。

在一本书上看到这样一件事：德国在希特勒焚书的60年后，即反法西斯战争胜利50周年的时候，德国是那么敢于正视自己，反省自己。大胆而勇敢地在德国的倍倍尔广场，即当年焚书的剧院广场上，建立一座寓意深刻的无书的"图书城"纪念碑。这座"图书城"纪念碑用水泥制成，没有放置一本书，但却正好可以放置两万册书——当时所烧的数目。德国用这无书的"图书城"纪念碑来警醒后人记住这专制愚昧的耻辱一幕，德国丝毫没有掩盖的情愫存在，而是如此大胆去做，让人不由从心底产生敬佩。

在德国"纳粹集中营"的入口处，德国17世纪一位诗人预言："当一个政府开始烧书的时候，不加阻止，下一步就是烧

人。"读柏杨的书时,柏杨曾套用而说出这样一句话:"当一个政府开始禁书的时候,不加阻止,下一步就是禁人!"这些话总是让我对历史作深长的思索,不仅又清晰地想起了"纳粹集中营"出口处的预言:"当世人忘掉这些事的时候,那就是说,这些事还会发生。"沉重的预言让人出不来气,不愧是马克思的故乡。

人类是喜欢遗忘的,同时谁也不愿揭自己的伤疤,谁也不愿翻祖宗的不光彩历史,但遗忘甚至逼迫人们遗忘,那么结果会是什么呢?又会发生什么呢?不希望发生的不见得不发生,要发生的注定要发生。同时,历史是很怪的东西,不允许永远地欺骗他。遮丑布能遮多长时间?历史终将澄明,只是时间的长短而已。

» 顶小蛇过街的故事

有这样一个故事，我读了之后至今没有忘记。

有大小两条小蛇，要过街，大蛇想大摇大摆过去，小蛇不敢过去，叫住大蛇说，这样过街你我两个都会被打死。大蛇问该怎么办？小蛇说有一个办法，不但不会被人打死，还有人替我们修龙王庙。大蛇问他是什么办法？小蛇说，你仍然仰起头大摇大摆过去，但让我站在你头上一起过去。这样一来，我们不但不会被打死，人们看了觉得稀奇，一定认为龙王出来了，摆起香案拜我们。还会把我们送到一个地方，盖一个龙王庙。结果照这个办法过街，果然，当地人看后盖了一个龙王庙。

这个故事让我知道类似小蛇过街还真不少。

在《西游记》第十六回中，观音院的老和尚就实实在在地顶了一回"小蛇"。在人们的普遍认知里，出家之人与贪婪、奸伪不搭界，似乎每天衣破旧、食寡淡，修行嘛！但人世间的事情真不好说。观音院老和尚就顶着观音的普度众生这个主义或理论，在庙里为个人贪婪目的明目张胆地放火杀人。看到老和尚拿出的羊脂玉盘儿，三个法蓝镶金的茶盅，一把白铜壶儿，见过世面的唐僧都夸口不尽、赞美不止，可知这个老和尚一定利用观音的理论骗了不少人。因为这本不应是老和尚有条件"抽、戴"的"香烟"和"手表"，等到老和尚拿出十二箱绫罗绮丽的七八百件袈裟时，我就知道这个老和尚绝不是个什么好鸟，肯定骗取了众生们不少的血汗，也肯定让观音的理论蒙上了无数的羞耻。老和尚到了丧心病狂以杀人放火来抢夺唐僧的私有财产——宝贝袈裟时，老和尚彻底将观音菩萨的理论摔进阴沟，只是观音的理论还在观音院里高挂着。没有观音的理论，人们不会前去"上供敬香"，也不会跟着到处建庙磕头。后来孙悟空到观音那里求救，观音对贪婪老和尚没有只言片语，反而对悟空结实地臭骂一顿："你这个孽猴大胆，将宝贝卖弄，拿与小人看见。"对于这样的话，让我产生了两个想法。一是，某人有一件超级珍贵的貂皮大衣，穿出来后，被人骗抢去还差点被杀，主人告状，接状子的人却对被抢者说：谁让你穿出来，你永远放家里就没人抢骗了。二是，观音菩萨既然知道老和尚是小人，为什么没有尽早惩治法办？老和尚可是在观音自家院里做住持并足足地活了二百七十岁。那么只有两种可能，一种是，观音利用她的理论布道者来布道她的理论思想，一般情况下，奸诈小人的言论水平都比较高，如康生、姚文元等人。再一种可能就是，观音菩萨是贪婪、奸伪小人利益的直接受益者。老和尚放火杀人抢袈裟，不过是大水冲了龙王庙，恰巧这个"龙王庙"主人有后台：如来佛。否则，也不知

上篇
蠡测文化

道老和尚顶着观音的理论还会活多少年，还会暗抢众生，贪财犯罪多少年呢！

小蛇知道按常规去做会被打死，想出一个在常规基础上弄点"新鲜"花活儿遮人耳目的办法来过街。人们只注意了小蛇、大蛇联合制造的花活儿，却不知道已经实实在在被愚弄、被欺骗了一把，或者说很多把，我们还激动地在蓝天下对着太阳欢呼跳跃，而实现了人家大小蛇的目的。

后来不时传来这样或那样现实版的顶小蛇过街的故事。被顶的"小蛇"，可是相当地普惠众生，相当地里程碑，相当地有影响啊！美丽的建筑，美丽的广场，美丽的园子等切切实实被载歌载舞了一番，可是后面……不多说了，反正顶小蛇的事情多着呢，只要你细心地去看！

冷眼看红尘

» 杜鲁门的弟弟为啥挖土豆

有一篇颇为人们熟悉的文章，题目是《母亲的骄傲》。杜鲁门首次参加总统竞选并一举成功后，消息插上了翅膀，很快传遍各地，他的家乡也不例外。就像我们的体育健将在奥运会上获得金牌后，地方领导和各新闻媒体纷纷到冠军家里采访、慰问一样，当时到杜鲁门的家乡采访和慰问的人像河流一样涌进了杜鲁门的老母亲家。猜测也像采访神五、神六的宇航员家人一样采访了杜鲁门的母亲。内容嘛，我们现在是无法详细地知道的，但一段精彩的对话至今被人传诵。记者对杜鲁门的老母亲说："你有这样的儿子，一定十分骄傲。"母亲平静地回答："是的，不过，我还有一个儿子，同样让我骄傲。他现在正在地里挖土豆。"上面这句话，引发了我们中国人敏捷的思维，作了好多的文章。

有的人怀着无限崇敬的心情，赞美杜鲁门母亲伟大的胸襟和气度；有的人思索出，默默无闻无私奉献在各自岗位上的普通劳动者，也一样是母亲的骄傲；有的人发表，不管儿子的职业是显赫还是平庸，只要他们尽心尽力做好了自己的工作，就是值得母亲为之自豪的见解；有的人提出，假设换一位我们中国的母亲，或者说中国的教师，会不会也能作出这样的回答；有的人呼吁，全世界的孩子都需要这样的母亲，这样的家庭影响，它对思想道德建设将是一个有力帮助；有的人高度重视和学习美国母亲的成才观、名利观和价值观，领悟其中深层次的含义，目标过高会压垮自己，没有目标会迷失自己。

这些观点，笔者都赞成，不过笔者想说的不是上述的这些，人云亦云显得笔者没了水平不是！

杜鲁门（美国第33任总统，民主党人）1884年5月8日生于密苏里州拉玛小镇，出身农家，中学毕业后参加工作。是20世纪美国历史上唯一没有上过大学的总统。1917年第一次世界大战时参加军队，被派赴法国作战。1917—1918年在俄克拉荷马州西尔堡炮兵学校学习。1919年以少校军衔退役，在独立城经营服饰用品店，1921年该店倒闭后投身于政界。1922年任杰克逊县法官，1926年任首席法官。1935—1944年任联邦参议员。1944年罗斯福第四次竞选总统时，被提名为副总统候选人，同年11月当选为副总统。次年1945年4月12日罗斯福病逝，杜鲁门继任总统。1948年竞选连任获胜。你别嫌笔者啰唆，把杜鲁门的情况介绍得如此详细，是为了以下的说法能让你信服。

1921年之前的杜鲁门，我们就不说了，因为是一个没有一点"背景"的当过兵的农家孩子。1922—1926年，杜鲁门首先当法官，接着当首席法官。按我现在看到的法官权力来看，杜鲁门

的权力不小了，此时已是42岁的他给弟弟以后不挖土豆创造个机会，不是什么难事，给他管辖范围的某个企业老总打个电话，不就解决了。也可能此时的杜鲁门刚刚做了首席法官，局面还没有打开，或此时的杜鲁门还顾不上这事儿，正在树立形象，制造政绩。到了1935—1944年，都做了九年联邦议员的杜鲁门还是没解决弟弟的工作问题。此时他完全有能力把煤窑、水泥厂、某工程等项目中的任何一项通过某些小手段承包给弟弟，他弟弟还用得着在家乡种土豆或地瓜？后来又想，是他弟弟就不爱到大企业做白领，还是他弟弟就不喜欢到政府或事业单位当悠闲的公务员？还是他弟弟就不喜欢钱？面朝黄土背朝天，一把泥来一把水地过日子，杜鲁门的弟弟真的是一往情深？这段时间也不说了，到了1944年，杜鲁门都当了副总统，还是没有解决弟弟的工作问题。这就让人费解了。以孤陋寡闻的我来理解，副总统的权力那是相当不小了，给弟弟解决个工作是啥大事？小菜一碟，一碟小菜。即使他杜鲁门不亲自出马，"拍马工作者"，也会屁颠屁颠地跑去给办得利利索索、稳稳当当的。杜鲁门手下的人怎么都没长这个心眼和没这个眼力见儿，怎么就都这么傻呢，真是纳闷！

　　了解美国的制度和法律，就会知道杜鲁门没有这个权力，任何人也没有这个权力，他的弟弟也没有通过哥哥的权力来谋求自己利益的权利。假使杜鲁门真如笔者说的那样做，那他杜鲁门就甭想继续当法官、当总统了。美国的制度就是这样残酷无情，就是这样铁面无私。这是美国制度完善的见证，是美国体制公正的体现，是美国监督机制完善的佐证。其实，记者和杜鲁门母亲的对话，体现的不仅仅是一个母亲的骄傲，更是美国的骄傲。鲁迅在《狂人日记》里有这样一句话："从字缝里看出字来，满纸写的都是两个字是'吃人'。"字缝里的东西，看起来是不一样的，就看你怎么看了。

　　1953年任期届满后回到故乡独立城的杜鲁门，大概偶尔也和弟弟一起挖土豆吧。

冷眼看红尘

» 隆美尔的"氰化钾"

　　1944年10月14日12时许，希特勒的陆军人事署署长布格道夫、希特勒的侍卫长迈赛尔两个人向隆美尔传达了希特勒的旨意：要么服毒自杀，要么面对法庭。面对法庭的罪行是犯了卖国罪，自杀的好处是家属不会受到株连，自己还可以享受国葬的待遇。隆美尔没有丝毫犹豫地选择了自杀。10分钟后，和亲人告别完的隆美尔进了汽车离开家园，来到一片森林边。在布格道夫的监视下，隆美尔服下了氰化钾，20分钟后，隆美尔的亲人和副官接到了他死亡的电话。为希特勒带来巨大声誉，为希特勒立下赫赫战功，无限忠于希特勒的隆美尔就这样被希特勒不留一丝痕迹地干掉了。替隆美尔遗憾的是，他没有享有过"唯我隆美尔元帅"的赞誉。

　　杀死就杀死了，也没什么，丑恶卑鄙的是本是刽子手却还要把自己装扮成一个施恩行惠者。为死者像模像样地办豪华的国葬，向死者家人一本正经地发出唁电。希特勒给隆美尔家人的唁电："你的丈夫的逝世对于你无疑是个莫大的损失，请你接受我真诚的慰问。隆美尔元帅的英名和他那英勇的北非战绩,将永垂不朽。"这个"唁电"锁住我的眼球,品味再三终于品出一点东西来:你丈夫的死对你是损失,对我已不是了;我知道你不想接受我的慰问,但请你接受,这是政治需要;隆美尔的名字和战绩会永远流传不会磨灭,他的死亡内幕不会流传。然而,历史就是历史,永远遮不住,盖不严。美丽的多瑙河把隆美尔死的真相洗了出来,也把希特勒如何对待尽忠于他的臣子的丑恶本质洗了出来。历史保持沉默时,是为了毁灭疯狂者;不沉默时,是为了还给遭遇不公正之人以公正。

今天仍然可以毫无疑义地说,隆美尔是一个优秀的元帅,但悲哀的是生存在希特勒法西斯环境里。这就决定了他必然要拥有一个让人扼腕的悲剧人生。

军事元帅所应具有的军事才能、忠诚和荣誉感,隆美尔一样都不缺少,甚至他的忠诚和荣誉感还要超越其他的元帅,但也正因为他的忠诚把他自己推上了绝路。

隆美尔因为尽忠才被希特勒一眼相中而倍加喜欢。其实,尽忠不仅仅是希特勒喜欢,所有专制霸权的体制社会都喜欢。1936年10月末,也就是隆美尔刚刚到希特勒身边当警卫的两个月以后,有一天,希特勒要到外地视察,这天正是隆美尔值班。希特勒对身后的隆美尔讲,记住,我的车后只能跟六辆车。可是许多纳粹的要员都想跟随希特勒去,要去的小车多得就像我们的豪华饭店门前摆的小车长龙一样。隆美尔小手一挥放过前面六辆,然后威武雄壮地站在路中央,不论是省长还是部长还是希特勒的亲

冷眼看红尘

信要员，一律不能过去。他们叫嚷着要到希特勒那里告状，然而隆美尔还是一动不动。这些人真的把这件事报告给了希特勒，希特勒听后十分高兴，特意把隆美尔找了去，大力赞扬说他恪尽职守。此时隆美尔的忠诚，希特勒能理解。忠诚固然好，然而只有忠诚没有才能，那只是狗的地位。1937年，隆美尔的《进攻中的步兵》受到希特勒的赏识。由此，隆美尔一下子从上尉军衔变成少将军衔。希特勒改变了隆美尔的人生路途，军人的忠诚加上感恩就会变成死命的效忠。隆美尔的效忠不是奴才似的效忠，他是一个有才能的人，他在用自己的方式去效忠希特勒，但这一点希特勒并不清楚。希特勒需要的是绝对的效忠，像他的宣传部部长戈培尔那样。

　　隆美尔的忠诚，更多地表现为对希特勒精神上的忠诚。在军事上他忠于自己的战略精神，在行为上他按照自己的原则做事。但希特勒没有看到隆美尔对他忠诚的本质是什么，也不能理解隆美尔对他的效忠点在哪里了。却只看到了隆美尔对自己的不听命——拒绝执行希特勒下达的处决令：许多从德国逃出来的政治犯到法国的外国军团中作战，希特勒曾命令隆美尔将非洲军团俘获的这些人就地枪决。作为军事家的隆美尔在北非战场之时，就看到德国密码被破解，一艘艘军舰被击沉的众多现实，已经预感到德国将输掉战争，但希特勒还要他坚持，隆美尔没有听从命令毅然把非洲军团从几千公里以外撤回；1944年2月中旬以后，希特勒就宣称英美主攻一旦开始，诺曼底将是进攻目标，隆美尔从战略上分析，没有把诺曼底视为最危险的地段。从根本上讲，隆美尔绝不是为自己的利益,而是为希特勒的利益这样做。但希特勒不会这样理解。真正的忠诚,不是绝对服从,还有自己的见解原则。这不容易被理解,相反,极容易受到误解。平常人误解了没什么,对操生杀大权者而言,那就太不一样了。

不听话就意味着反抗,希特勒不可能不知道这一切。这必然和希特勒的服从要求发生严重冲突。对聪明的希特勒而言,他知道败局已定,还能让不服从自己命令的人继续存活吗?其实,即使是没有刺杀希特勒的政变事件,即使最后守住了诺曼底并在以后取得了胜利,他都不会有寿终正寝的命运,而是被杀掉,只是借口不同而已。隆美尔啊,既是一个纳粹者,也是一个纳粹受害者。

被敌手杀死的元帅,不多。而死在自己效命者手里的元帅倒是不少啊!

冷眼看红尘

» 小沃森为何"提拔我不喜欢的人"

美国的IBM公司的小总裁托马斯·沃森是位与众不同的经营企业高手，他的用人标准跟其他人，即使是他的父亲，都很不一样。引用他自己的回忆录里的话就可以给人一个鲜明的印象："我总是毫不犹豫地提拔我不喜欢的人。那种讨人喜欢的助手，喜欢与你一道外出钓鱼的好友，则是管理中的陷阱。相反，我总是寻找精明强干、爱挑毛病、语言尖刻、几乎令人生厌的人，他们能对你推心置腹。如果你能把这些人安排在你周围工作，耐心听取他们的意见，那么，你能取得的成就将是无限的。"小沃森按照这个用人标准，确实成就了自己的无限事业。

初次看到这句话，想了好久。佩服小沃森不同寻常的用人理念之时，深感他身边那些"精明强干、爱挑毛病、语言尖刻、几乎令人生厌的人"的幸运，遇上了这么一位老板。如此的幸运，不是谁都有机会摊上的。

精明强干之人，一般来讲，他们大都有才气，有远见，有能力，有主见，有个性，有脾气，有思想，坚持自己的见解，看到

上篇 蠡测文化

那些他认为不合理、不正确的事，最直接的表现就是挑毛病，直白地表现出自己的不满或不屑。在语言上的表现就是尖刻、酸辣，不留情面，而这些导致的最终结果就是"令人生厌"。这样的现象，无论在哪一个人群里都可以看到，只是程度不同而已。

那些个逢迎拍马、趋炎附势、唯命是从、见风使舵之人，一般的情况下不会让人讨厌，反倒让人心情愉悦。不过，这样的人即使不是庸才的话，也绝不是精明强干、才华横溢之人。话说回来，这也是一种能力，一种强干有才之人所不具备的能力。

现实中，是个出类拔萃的人才，又是个得心应手的"奴才"，用起来确实好，但上帝捏人时总是不爱把这两样东西捏到一个人的身上。不是把人捏成个无能的"奴才"，就是捏成个有能的人才，当然，也有这两样完全统一于一身之人，不过这样的人实在不多。两者兼备之人，大概是在上帝心情特别好，特别快乐的时候精心捏制而成的。人快乐的时候少，忧伤的时候多，上帝也和人一样吧！

小沃森特别讨厌那些唯命是从之人，他说这种人多的是奴性，缺的是人性，更缺的是独立人格、个人主见、自我尊严。这种人不是一无所能，就是别有用心，至少不是一个具有正直品格的人。小沃森对人的认识不是多么通透而深刻，驾驭人的手段也不是多么高超而卓越。而是，小沃森在用人上打破人性一般常规的基础之上，坚守住了正确的用人标准。一个反常规的正确标准，不是谁都能坚守如一的，小沃森让人佩服的地方就在这里。实际上，与其说小沃森以用"精明强干、爱挑毛病、语言尖刻、

几乎令人生厌的人"作为自己的用人标准,不如说小沃森在警戒自己,不要为那些逢迎拍马、趋炎附势、唯命是从之人所左右所迷惑。

评判一个人是人才还是"奴才"的标准,在不同人的眼里大不一样,在是非颠倒的环境里也大不一样。本是个"奴才"型之人,上司就认为是个人才,你也没办法;本是个人才,上司就不喜欢用这样的人才,你也没办法;本是个人才,上司没长那根儿干事业的神经,你也没办法。本质上讲,"令人生厌的人"得到小沃森的重用,没有多大的内在深意和影响。"唯才是举"和"唯才是用"是普遍的道理,但普遍的道理,并不一定被普遍地应用,所以小沃森的用人之道,才被人所惊奇。所幸的是,"令人生厌的人"处在了一个正常的环境下,又遇到了小沃森这么一个想干事业的清醒者。

"令人生厌的人"们肝脑涂地、欢天喜地将自己脑袋里的智慧才华,源源不断地转变成了小沃森公司里的一沓沓钞票,使小沃森的事业一步步走向辉煌。小沃森的这个用人理念,还是很让人深思回味的!

» 给总统们的一点小建议

2009年1月,冰岛总理吉尔·哈尔德被扔了易拉罐和鸡蛋;2008年2月,法国总统萨科齐被一名男子拒绝握手并辱骂;2008年12月,美国总统布什被扔了鞋子;2008年5月,美国总统克林顿被扔了鸡蛋;2005年5月,英国首相布莱尔被扔了两袋紫色面粉;2005年4月,英国副首相普雷斯科特被女选民扔了鸡蛋……

不时地得晓这些外国的总统或总理们在集会或演讲场合被扔鸡蛋、鞋子、易拉罐什么的新闻,每次看了他们遭遇"不测"的新闻,心里特替他们着急上火。2009年12月13日,意大利总理贝卢斯科尼被打得血流满面,看来外国首脑们的被扔问题已经升级了,在下就更急得不得了。手下人怎么就不给他们出几个主意,这么多年了也不见有什么办法解决这个问题。这一次,为了总统们安全地"好好过日子",好好地领导国家走向发展,在下为总统们避免再被扔什么的,特提一点儿建议。在下不会外语,希望哪位感兴趣的翻译替我翻翻,必有重谢!

第一点,制定严格的规章制度。集会或演讲中,在总统将要活动的地域里,提前清理现场。什么人参加,什么人不能参加;什么人讲话,什么人不能讲话;什么样的人,讲什么样的话,都要有一个严格标准,或制定特定的制度规章,任何人不得僭越。这样一些"不法之徒"就没有机会参加这样重大的活动了,只能在电视上看到总统您的各种行为。这样,鸡蛋、易拉罐、鞋子的历史使命和价值就不会有任何一点儿的改变了。

第二点,做好"民众"的导演工作。在对参加活动的任何民众进行严格审查的基础上,对"民众"这些角色,做好导演工作。该说话的"民众"一定要说,不该说话的"民众"一定不能说,说话的"民众"说什么,怎么说,眼神什么样子,双手怎样地激动颤抖,也要教练好。这样,拒绝握手并辱骂萨科齐总统的男子,肯定不会出现在大庭广众之下。

第三点,建立严格的审查制度。对参加会议或听演讲的人,绝不可掉以轻心,对他们随身携带物品进行仔细搜查,不放过任何蛛丝马迹。像鸡蛋、面粉、水瓶、易拉罐等硬性物品绝不能带进集会场所,可以组织个临时存放处。鞋子无法控制,但可以让他们必须穿布鞋进入会场。布鞋虽有可能扔出去,但不会造成更大的伤害。

第四点,严密监控一些异见者。对那些异见骚乱分子绝不可掉以轻心,要运用现代科技对他们的言行进行监控。他们一旦有风吹草动马上动用国家武装力量、政府权力部门堵截,将骚乱事件消灭在萌芽状态。国家花了那么多纳税人的钱来养这些人,不就是为了国家的安定、人们的幸福吗？总统们，对于异见者，一定不可放松，这是很关键的一条。

　　这里仅提出四点建议，希望能起到抛砖引玉的作用，以总统的高智商，完全能想出比在下更好的办法来。如此一来一定"东方不败"！在下也是在总结了历史经验的前提下提出的。当然，您那里不准许，就没辙了。

» 戈培尔与希特勒之比较

　　臭名昭著的纳粹德国宣传部部长戈培尔,永远地被钉在耻辱柱上,提起他,人们没有一个好词来说他。对戈培尔,笔者想不能只停留在厌恶、憎恨、愤怒的层面,而要进一步地探讨他何以至此的各种原因,才能避免这样的人继续产生,使这种助纣为虐之人在历史的长河里永世绝迹。

　　戈培尔和那些莽汉打手有着巨大的区别,他是个有文化的人。他曾先后在波恩大学、慕尼黑大学、海德堡大学就读,学过哲学、艺术史、文学等,获得过博士学位。无论是哲学还是艺术文学都是能让人升起高贵灵魂,欣赏世间美的东西,在美好的艺术中,他怎么变成一个纳粹杀人狂?为什么他被希特勒超乎异常地欣赏?这都需要去思考。

　　最开始希特勒并不是戈培尔的崇拜者,纳粹党北德派领袖格里戈尔·施特拉塞是他欣赏的人,为此与他合作。当时戈培尔在自己创办并编辑的《纳粹通讯》上发表的言辞,主张纳粹党与共产党和社会民主党共同开展征用贵族财产运动,将大工业和大庄园收归国有。知道希特勒对此十分不满后，28岁的戈培尔在1925年11月的纳粹党汉诺威会议上大声说："我要求把这个小资产阶级分子阿道夫·希特勒开除出纳粹党。"像一个勇敢无畏的共产党员一样的戈培尔，当年就是敢这样去对待希特勒。令人没有想到的是，没过几个月戈培尔就来了个180度的转弯，于1926年2月完全倒向了希特勒。到了8月，戈培尔通过《人民观察家报》发表声明与施特拉塞决裂。

　　两个对战争感兴趣的人。希特勒于1889年4月20日生于奥地利，戈培尔于1897年10月29日生于莱茵区，希特勒年长戈培尔8岁，是同年龄段的人。戈培尔儿时患小儿麻痹症而致左腿萎缩，这个对战争有热望的孩子，在第一次世界大战时期被拒绝参军。道路被堵死了，无奈的他才选择了另一条自己不喜欢的道路。1907年和1908年希特勒两次报考维也纳艺术学院，均未被录取。1914年8月，希特勒入第16巴伐利亚步兵团服役。后来参加过伊普莱斯战役和索姆河战役，因作战勇敢而获得一级铁十字勋章，晋升为下士。

　　纳粹德国的两个疯狂打手。都说戈培尔被希特勒的演讲魅力迷倒，从而跟随他，今天看来戈培尔彻底转向希特勒，这绝不是一个根本原因。在当时德国大背景条件下，戈培尔与希特勒他们骨子里的东西，如他们的信仰、追求有巨大的相似性，同时他们找到了契合点，建立符合自己愿望的独裁王国。区别只在于一个有文化，一个没文化，有文化的人给没文化的人提供强大的理论支持和舆论力量。这让人想起中

国的历史，每一个专制皇帝的身边都有那么一两个文化儒人在那里跟着效命。如果说希特勒是个凭武装得天下的打手，那么戈培尔就是凭文化得天下的打手。如果说他们二人是纳粹德国的两只手，那么他们共同的理念、追求、目标就是纳粹德国那颗疯狂的脑袋。

两个有艺术才能的人。他们都进入过艺术的领域，并有不一般的鉴赏能力。这也是他们能走到一起的很重要的原因。1921年4月，戈培尔在海德堡大学犹太文学史家弗里德里希·贡道尔夫教授的指导下获得哲学博士学位。曾受到犹太导师辅导的戈培尔，在后来能举起屠刀惨绝人寰地向犹太人砍去，这个导师如果知道了一定后悔，居然从自己手里走出一个博士杀人魔鬼。当然，戈培尔的博士文凭是货真价实的，绝不是"野鸡文凭"。单论戈培尔对欧洲音乐大师卡拉扬的欣赏与预见，就令人知道他是个真货色。在艺术上，希特勒绝不是一个只知挥舞战刀的杀人者，1907年和1908年希特勒两次报考维也纳艺术学院，虽未被录取，但也有一定的实力。后来他因了自己的绘画才能还亲自设计党徽。

两个都做过宣传工作的人。1919年9月，希特勒奉陆军政治部之命调查慕尼黑的"德国工人党"。希特勒在该党集会上的发言引起其领导人的注意后，应邀入党，成为该党负责宣传工作的委员，这一年希特勒30岁。戈培尔起家也是靠宣传，从1926年到1929年，戈培尔只用了三年的时间就坐到了纳粹党宣传部部长的位子。从1929年到1933年3月，戈培尔坐上纳粹德国国民教育与宣传部部长的位子,这一年他只有36岁。两个干过同样事情又都不是草包的人处在一个环境下,只有两种情况,一种就是彼此瞧不起,互相坑害诽谤;另一种就是互相欣赏,互相佩服。这点很让人思考。如果两个人之中有一个更文化点的,必然要服从那个文化差点的人。你可以去看看历史人物身边的事情。

两个同一天死亡的家庭。在他们知道彻底失败的情况下,他们有没有事前做过联系,今天无从知道,但他们确实在同一天自杀。5月1日,戈培尔夫妇先让人毒死他们的6个孩子,之后让党卫队员从背后向他们开枪。4月29日,希特勒与爱娃·布劳恩临死前举行婚礼,写下"政治遗嘱",5月1日3时30分,希特勒进入卧室用手枪自杀,爱娃服毒身亡。希特勒没有子女,如有也会像戈培尔的孩子一样的结果。他们这样的选择,无形中告诉我们:他们知道自己罪恶滔天,他们知道自己罪孽深重。无论当时还是历史都不会放过他们的罪恶。

» 幸甚，老边饺子、马家烧卖

　　大概是因了小时候每在吃那所谓的饺子时，妈妈都要说一句"好吃不如饺子，好受不如倒着"，饺子就成了我幼年饥饿世界里最绝美的食物。由于这样的启蒙教育，至今饺子、烧卖等有馅食物都是我的最爱。有一天读了一本关于吃的小书，知道我最爱吃的原来还是中华名小吃，而且还有着很心酸、很悲凉的经历。

　　先说老边饺子。相传清朝道光年间，河北任丘县一带多年灾荒，官府却加紧收租收捐，所幸那时的百姓有选择是逃亡还是坚守的自由，于是他们大部分人选择背井离乡做流民。这其中有个边家庄的边福老汉，原来就是开饺子馆的个体户，此时也活不下去了，只好一家人逃到我们东北。一天晚上，他们投宿在一户人家中，恰巧这家在为老太太祝寿，于是这家人给边福老汉一家每人一碗寿饺充饥。边福老汉觉得这水饺清香可口，那个好吃啊！于是聪明的边福老汉就虚心求教。好在那时民风淳厚，没有那么多的心眼子，这家人便告诉了他做馅子的秘密。边福将此秘密记在心中，后来辗转到沈阳市小东门外小津桥护城河岸边住了下来，搭了个马架子小房，开起了"老边饺子馆"。在技术材料上都进行深入改进，老边饺子名声由此渐渐传播出去。

再来说马家烧卖。有二百多年历史的马家烧卖，还是沈阳非物质文化遗产呢！创始人马春最开始以手推独轮车的方式来往于热闹街市，边做边卖。马春做烧卖与边福做饺子一样，选料十分严格，制作精细讲究，并不认为是小本生意而掉以轻心，造型美观，口感奇好，生意逐渐火爆起来。他的儿子马广元后来在沈阳城内小西城门一带挂起了马家烧卖的牌子，这是后话。

边福老汉与马春一个挑筐逃难支起个马架房子做买卖，一个推着独轮车沿街叫卖，是典型的无身份证、无暂居证、无技术、无文凭、无特长，小得不能再小的个体户，可是他们很幸运。

边福老汉可以根据街边情况支起马架子做买卖，马春可以推起手推车在繁华街道上大声叫卖。那时有没有异军突起维护城市形象的"衙门队伍"？用不用担心武装到牙齿的什么人不时来推倒马架子，没收手推车？用不用担心饺子锅、烧卖屉子被掀翻在地？大概是不用担心的，因为这地摊上的小吃流传了下来，否则，我今儿吃不到。两人可以凭借自己的吃苦耐劳，就可以在手推车上、马架子里养家糊口并创建家业，还为中华民族留下了不朽的名小吃。此一幸也，对他们二人来讲。

老边饺子是道光年间的产物，马家烧卖是嘉庆年间的产物，他们两人在当时是否向有关部门求得批准？是否进行过身体疾病和物品的防疫检查？是否向工商、地税、国税等部门交够有关费用？煤烟是否影响了环保？煤、水、蜡烛是否按照商业费用交

纳？是不是"每个月买20块钱的生态基金"？以一个挑筐逃难人的资本，要是交这些费用，那是不少的饺子成本。我估计当时老边饺子和马家烧卖的销售对象，也是和边福老汉一样阶层的消费者，所以他的饺子价格一定不会高到哪里，他又保证质量，不假冒伪劣，那么他的交纳成本不会太高。此二幸也，对他们二人来讲。

今天，我们可以美美地在酒店里吃到这街上兴起的小吃，真得感谢我们的祖先，因为没有将马架子和手推车上的小吃连根灭掉，而让这些流民和最基层的人获得生存的同时，也创造了一种流传了这么多年的美味小吃。对我们来讲，此其一幸也。只是我有一点疑问，街边还能再产生类似的小吃吗？

上篇
蠡测文化

» 福开森的捐赠

在历史的天空中，各种各样的云朵飘过后，留下的或许就是三行两页的枯纸，遗忘在犄角旮旯任尘埃掩埋。不经意间被某个懵懂的孩子捡到，当作了一种新奇，瞥上两眼。福开森就是这样陌生地来到我的眼前的。

朋友送我一套1962年9月第一版，1982年12月第二次印刷的《文史资料选辑》，里面有很多资料蛮让我新奇。近日随手翻阅第四辑，看到张锐先生的文章：《我所知道的福开森》，其中有这样一句话："盗窃我国珍贵文物，仅仅是他的罪行之一；他在旧中国所进行的阴谋活动是多方面的。"张锐先生对此从五个方面来讲福开森的"罪行"：一是"隐蔽在'传教士'外衣下面的凶恶面目"；二是"'福开森路'命名的由来"；三是八国联军侵华时对东南买办官僚集团的诱降活动；四是"政治诈骗，投机倒把的肮脏勾当"；五是盗窃我国古代文物的罪恶活动。民间收藏如火如荼的今日，我也想有一个旷世古董一下子掉在俺家地板上，所以我对这个"盗窃我国古代文物"的洋鬼子到底把咱们的

冷眼看红尘

古董都弄哪里去了很感兴趣，于是多关注了几眼。

1866年出生的福开森，于1886年来到中国。在短短的十几年时间里，1888年他在南京创立了汇文书院（今南京大学的前身）；1897年他与盛宣怀在上海创立了南洋公学（今交通大学前身）；1904年又与李提摩太和博舫济联名成立了上海公共租界工部局第一华童学校。不仅这样，在中国的几十年里，福开森历任过张之洞、刘坤一、袁世凯等历届总统顾问，获得过清王朝、北洋政府、法国、日本的奖章。他承办的"不偏不党"《新闻报》声名远扬。可以说，福开森这个人在民国时期那是相当有影响的。今天上海的武康路，就是当年有名的福开森路。今日其路名虽消失了，但在民国的书里依然可以看到这条以他这个美国人的名字命名的道路。

这样一个人，在中国历史上自有可圈可点的地方，然而福开森却像一缕天边的云彩一样飘去了，现在要是问我们的孩子，大概没有几个人知道他的名字了。

1934年，在他70岁大寿时，他慷慨地将40年来用巨额资产购置的中华文物赠给南京金陵大学（今南京大学）。"各类文物共1000多件，慨然归还中国。计有青铜器168件，玉器37件，瓷器48件，陶器64件，项墨林砚1件，墨26块，书画140件，碑帖20件，金石及他器拓本500种。多为名贵至宝，更不乏稀世珍品。"不仅如此，福开森还对所收藏的东西做了以下具体的工作："一、有拍照；二、有拓片；三、有文字描述；四、有考证其来龙渊源；五、有英文说明。"

福开森最重要的收藏古物：1.殷墟甲骨即从刘鹗的《铁云藏龟》，约有几十片。商承祚教授研究后写成《福氏所藏甲骨文字》一书。2.王齐翰的《挑耳图》，又名《勘书图》，画面钤有南唐李后主的"建业文房之印"，有宋徽宗赵佶的亲笔题字，还有苏东坡及苏子由兄弟及王晋卿四人的题跋。此画清末属于端方，辛亥革命后，转入福开森手中。3.王右军的《大观帖》，此帖为北宋徽宗大观年间，将淳化阁帖中王羲之的书法，重刻于石上所拓，此石已毁于宋金战争，拓本又少。清代翁方纲进行了考证，张謇写有题跋。故马衡先生曾有"王右军的大观帖，故宫虽有，但确实不如福氏所藏"的赞语。4.小克鼎，为西周青铜器，原为一套，计有大鼎一件，小鼎七件，是西周孝王时的礼器。大克鼎及一小克鼎存于上海博物馆，南大现存一小克鼎，上刻铭文七十余字。5.周尺，为1933年在洛阳周墓中发现的铜尺，福开森进行了考证。

对此，《大公报》曾有这样的报道："美人福开森氏旅华数十年，对我国教育文化事业颇多赞助。福氏对于金石书画研究，颇感兴味，收藏名贵古物达千余件。福氏以其尽属中国产品雅不愿携之返美，更不欲长此秘藏，作私人财产，遂于去岁（1933年）决定完全捐赠金陵大学……"

收藏者一般对他收藏的东西，看得比命还珍贵。红楼梦里的石呆子对买他扇子的人就说了这样的话："冻死饿死，一千两银子一把我也不卖。"被逼紧了时这个石呆子又说："要扇子，先要我的命。"福开森能把这么多的无价之宝慷慨无私地献出来，

告诉我们的是什么呢？由于福开森的捐献，又联想到收藏大家，也是捐献大家张伯驹先生的晚年凄惨境遇。

就在写这篇小文时，突然想起以前某一份报纸上曾有过关于福开森捐赠的文章，近日查阅发现其中有这样一段话："50年代院系调整后，这批文物为南京大学所收藏。此后，它就开始沉寂在南京大学北园一幢老教学楼的顶层。多少年间，这间房子只是作为南大考古专业的教研室，从未对外开放过。因此，许多南京大学的师生并不知道铁门里紧闭着的秘密，甚至考古专业的学生，也难以一睹其风采，更何况一般公众。"回美国的福开森，无论如何也不会想到他精心收藏，慷慨捐献的宝贝，会是这样的结局。而对于他所做出的一切，在书里会留下这样的文字。

作家戴厚英说"人啊，人"，我模仿一下：历史啊，历史。

» 皇权下的人们

谁来讲中国的历史,都不能否定它是专制极权的历史,身为这样历史中的人,对其间的阴毒,其间的鄙陋,其间的丑恶,其间的肮脏,都有着深切的认知。无论认为一部二十四史是贪污史,还是权谋史,还是血泪史,都可以沿着历史的脚印看到专制极权培养的人们都是什么样子,都有着怎样的生命历程。

奴才。专制极权系统就像一座金字塔,除了高居塔尖之人,都是奴才,只是层级不同,级别不同外,本质一模一样。奴才的最大特点就是要有归属权,归属权使其无法脱离所属范围,就像我们常被问到你是什么单位的?似乎你的单位不是你工作的地方,而是包含很多内容的地方。大量培植奴才,享受只是目的的一小部分,更重要的原因是使这个塔基坚固稳定。在数量占绝对优势的前提下,才有叫板的资本。此时,人的生命不是生命,而是各塔层扬名、斗气、争霸的一个个炮灰。中国历史典籍,就是以一种抽脑仁儿的办法,把人教育成空洞之人。"专制的国家中,绝对没有所谓调节、限制、和解、条件、相等、谈判、劝诤

此类东西；完全没有相等的或更好的事物可以向人提议；人就是一个动物，服从另一个发出意志的动物而已。"（孟德斯鸠《论法的精神》）

鬼才。不要以为奴才是专制最需要的人，奴才的最大价值在于好使用及数量庞大。真正能为专制喜欢并赋予使命的还是鬼才，既有才华才能，又有手段能将专制这个"极权事业"发扬光大下去的人。就像商鞅，就像房玄龄，就像魏徵，就像张居正，就像曾国藩等人。绝不可贬低他们个人的价值与作用，他们确实是专制社会中的人才。这样的人，才是独裁者心中的月亮，月亮的光芒不过是为了照亮天空，"太亮太圆"也就将你暗淡残缺下来，甚至是三十的晚上。当然在历史的长河里，这样的人才可以掰手指头来数，所以历史记住了，我们也知道了他们跌宕起伏的命运。

贪才。在所有专制国家中，贪婪之才一抓一大把，有权力之人，还是他们的亲属，几乎都在闷声发大财。专制独裁者也反对贪婪，但遏制不了贪婪。朱元璋反贪手段，反贪办法，反贪措施，都令人毛骨悚然，然而贪污者还是如雨后春笋一般。为什么这样，研究的人很多，结果也很多。笔者陋见，贪婪不过是专制本身生出的孩子，专制无法扔掉这个孩子，于是就利用这个孩子，最后这个孩子埋葬了他。当然，贪婪不一定单指对物质实物的欲望，还包括对名声荣誉的沽名钓誉。"大邦、大国、大明君"到了朱元璋的耳朵里，比万岁万岁万万岁还好听，远胜于任何物质贿赂，他的贪欲在于要名垂青史。专制极权是一根针，万条线都穿这一根针眼,只有穿上这根针,才能去缝自己喜欢的东西。不是说"不怕你讲原则,就怕你没爱好!"何况,还有更多的皇帝具有"不怕你贪,就怕你反"的认识在那里垫底。

庸才。常爱把庸才和奴才放在一个天平上,其实他们不是一个级别,也不是一个分量层。庸才维系着专制极权的常规运作,是坚定的执行者,拥有庞大的数量。他们的执行没有创新、变通,更提不到变革或改革,最多可用成语来说就是大大小小的"萧规曹随"。他们在专制独裁黑暗社会中,深深知道"暴君无任何规律,其无常的意志和欲望毁灭了其他所有人的意志和欲望"(孟德斯鸠《论法的精神》)。任务也好,命令也好,听从安排,服从指挥,是最好的保命办法。就是真正的人才被专制这口大锅熬几回,不仅没才了大概也没人样了。所以能深深理解"在任何一个专制政府中,人们均能十分轻易地卖掉自己"。没有任何权利的保障下,不卖掉自己,不放弃自己,那就要有把棺材抬到朝堂上的气魄和勇气。生命毕竟是宝贵的,也毕竟不是自己一个人的,所以抬棺材的人没几个,即使是敢抬棺材上朝的人,也是为皇帝一家之着想,到底是奴才。

无论皇权下的什么才,最后的结局都是悲剧。换句话说,无论哪种才都在从不同的角度,不同的方面,不同的路径,为自己效命的专制政权掘墓,他们是掘墓者,也是被埋葬者。

冷眼看红尘

» 卡拉扬的"滑铁卢"

卡拉扬以他非凡之才将柏林爱乐乐团推上了空前绝后的位置，也让自己稳坐无可争议的欧洲音乐"皇帝"宝座。这样一个人物无论是在二十世纪，还是在未来都将是音乐史上一个有话题的人物，不仅因为他个人的原因，还有他生活的时代给予他身上抹不去的烙印。这个音乐"皇帝"也有他逃不脱的"滑铁卢"。二十世纪八十年代初，卡拉扬三十几年的全权统治，遭遇了亘古未有的危机，他的音乐"帝国"几乎在一夜之间就倾塌了。

卡拉扬要将一名他非常欣赏的女单簧管演奏员萨宾娜·梅耶聘为乐团团员。柏林爱乐乐团向来没有女演奏员，卡拉扬以他几十年的统治权威，认为是小菜一碟，但事情并不如他所愿：差不多所有人都反对他这个决定。团员们挑战他的结果是经济惩罚：卡拉扬取消了演出团一年时间里额外的所有演出，使乐团成员在经济上受到巨大损失。矛盾日益激化，到了后来都成立了"反卡拉扬三人小组"继续与卡拉扬进行谈判。

卡拉扬这个乐团全权统治者，也像一切独裁者一样有着想把自己的影像永留人世的热望，当然是另一种形式的个人崇拜。看卡拉扬主导录制的古典音乐会片子，在长达五十分钟的交响乐中，卡拉扬指挥的镜头竟然有三十多分钟，而乐队演奏只剩下十几分钟了。七十几岁的人了，卡拉扬深深地认识到再不将自己的风采和音乐拍下来，以后的机会真的不多了。反对卡拉扬的所有人抓住了他这根"软肋"：你不同意我们的条件，我们就不和你录制片子。卡拉扬只好作出让步，于是卡拉扬给所有柏林爱乐的团员写了求软信。在音乐世界里不可一世说一不二的卡拉扬的神位倒下了。今天我们能看到卡拉扬凌空绝世的风采，便是那时拍摄的结果。

在柏林爱乐乐团这个音乐王国里，一个人掌权，一个人说了算的卡拉扬曾这样说："这是艺术创作的一个非常独特的体制，因为一个人被赋予了几乎无限的权力，综观一切，包括演员、歌手、预算、节目、计划。别的任何领域里面都不可能有这种情况再发生了。""我今天受到这样的信赖，他们把大权全部都交给我，我想这是我们这个时代当中的最后一次了。"由此不能不说说他得到这个权力的经过。

从他四岁半登台演出，到1954年柏林爱乐总指挥富特万格勒谢世，足足走过了五十年光阴。富特万格勒带病突然谢世后，当时有五位合乎乐团总指挥的条件，其中三个人主动放弃了，只剩下卡拉扬和切利比达凯两个人。二人不分伯仲，一场没有硝烟的战争默默开始了。切利比达凯也是一个杰出大师，年轻时就做过柏林爱乐总指挥，并且长达五年之久。在富特万格勒的葬礼上，

有人问切利比达凯有什么感想,如何看待他的去世。他说:"他死得真的是时候,因为老人家对抗病痛吃了很多的药,药使他变得麻木了,他的耳朵半失聪,已经听不太清楚了。这个时候他去世了,我觉得还是属于见好就收那一类。免得有一天,他真的完全听不见了,还要在指挥台上硬撑,那才是悲哀。"(王勇讲述《世说新语·卡拉扬的故事》)比卡拉扬占有优势的切利比达凯,在不合时宜的时间与地点,说出不合时宜的话来,再也不是卡拉扬的对手了。

至此,卡拉扬依然殚精竭虑。富特万格勒葬礼后的一星期,乐团有一个到美国演出的任务。卡拉扬在演出前,就对乐团经理说:"我可以带队去美国演出,但我不是以一个客座指挥的身份,我也不是以试用指挥的身份,我希望如果你们不能给我任命的话,我也要以未来指挥身份去访问。"乐团总指挥要参议院决定通过,一般人可能就此放弃,但卡拉扬没有。冥思苦想后,卡拉扬给柏林市市长打电话说,你能不能跳开参议院给我一个任命?市长说我没有这个权力。卡拉扬又说,我们开一个新闻发布会,新闻发布会上,你不能说任命我为艺术总监,但你能不能问我一句"如果我们请你担任柏林爱乐总监,你会愿意吗?"柏林市市长真的在新闻发布会上问了卡拉扬这样的话,结果在传媒的报道下,已经产生了卡拉扬即将成为未来柏林爱乐总监的势态。卡拉扬在国内的运作完结了,到了美国卡拉扬又进行一番精心的运作:乐团经理在美国做了一个民意投票,结果大部分爱乐团员同意卡拉扬为总监。卡拉扬谋求这个位子,可算是从国内做到国外，从个人做到整体。他要做的总监和以往的总监大不同，他要的总监有任命经理的权力，同时他要做终身总监。提出的理由就是更好地运作爱乐乐团，再一个就是一心一意集中精力没有后顾之忧去指挥柏林爱乐。参议院不同意他的条件，卡拉扬就说那聘我九十九年吧。这位没有合同的总监，这位具有超凡音乐能力，超凡经营能力的人，在经过了十二年的拉锯战后，终于如愿以偿，成为柏林爱乐货真价实的全权掌控者。

细细想来，女单簧管演奏员事件，不过是点燃卡拉扬与乐团团员间矛盾的导火索。没有这个女人，也会有另一事成为卡拉扬权力倒塌的"稻草"，后来爱乐有了女团员就是证明。在卡拉扬掌控的三十几年里，给团员们带来了空前未有的富裕，成了他们的主宰者。一人强权的情况，必然产生将他人玩弄于股掌之间的结果，就个人来讲会更加专横跋扈。他人的爱好、人格、品位、尊严、思想，会被强权埋葬掉。有人曾对卡拉扬说："你是指挥，你在舞台上想怎么做都可以，但是在舞台下，我们哪怕作为你的学生，多少也给学生一点民主，给学生一点尊严。"人不是乐器，也不是猪狗，人的爱好、人格、品位、尊严、思想，就像种子一样种在了脑海里，尽管受外界条件的限制暂时不能萌发，但在某一刻是一定会发芽长大的，任何人都阻挡不住。他的音乐给我们享受的同时，他的行为也给了我们启示。

这位没有朋友，也没有对手，曾加入过纳粹的欧洲音乐"皇帝"在1989年留下美妙的音乐，带走可恶的独裁，彻底告别，走了。

» 想起这几个人

一、两个反对者：张季鸾、张闻天

1927年12月1日，独裁者蒋介石与美丽的宋美龄举行隆重的婚礼。得到一大堆祝福的蒋介石在新婚的第二天早上，看没看报纸，我们无从知道，但我们知道大公报总编辑张季鸾先生在这天的报纸上发表了《蒋介石之人生观》，在文内，他尖锐地斥责蒋介石"离妻再娶，弃妾新婚"，人家娶谁还是弃谁，毕竟是个人取向的问题，这也罢了，张季鸾先生还大骂蒋介石"甚矣不学无术之为害，吾人所为蒋氏惜也"，"累累河边之骨，凄凄梦里之人！兵士殉生，将帅谈爱，人生不平，至此极矣"。随后又说："吾人诚不能埋没古今志士仁人之人生观，而任令一国民党要人，既自误而复误青年耳。"这无异于说蒋介石毒害了青少年。蒋介石与宋美龄当天可能没看到，但以后一定看到了。

张季鸾继续当着总编辑，继续主持大公报的主笔工作。1931年5月2日在纪念《大公报》发行一万号时，蒋介石送来亲笔题写的"收获与耕耘"贺词。1934年夏，蒋介石在南京大宴百官，紧靠蒋左边席位就座的竟是一介布衣张季鸾,而且还看见蒋给张频频斟酒布菜,二人谈笑风生。1938年抗战正酣,可蒋介石却未忘这年农历二月初八是张季鸾五十寿辰,特向正在汉口的张季鸾致电祝贺,并派人送礼慰问。到了1941年9月,张季鸾因病逝世,蒋介石写下了"天下慕正声,千秋不朽;崇朝嗟永诀,四海同悲"。在病重期间,蒋介石多次去医院探望。到了1942年9月,在为张季鸾举行公祭大会时,蒋介石再次亲临致祭。一个公开反对蒋介石这次婚姻,也公开大骂蒋介石品行的人,居然受到了这样的待遇。

10年后的1938年,伟人毛泽东与江青在延安举行了没有婚礼的婚礼。在现有的资料中,张闻天似乎也反对这桩婚姻,虽然有的说他是代表一个组织,然后由他签名,也有的说是他以个人名义写了封反对信,无论怎样张闻天都与反对者这个角色难逃干系。2005年第7期的《文史精华》里的《毛泽东与张闻天的恩怨》就写到这件事情。不管这些,只看张闻天的后来结局。

张闻天的葬礼。1976年7月13日,在南京的《新华日报》第三版右下角发布了关于张闻天死去的78个字的本报讯:"中国科学院哲学社会科学部经济研究所特约研究员张闻天同志,因长期患心脏病,医治无效,于一九七六年七月一日在江苏无锡病故。张闻天同志,一九二五年加入中国共产党。终年七十六岁。"这个消息发布日子正是民间说的烧"二七"的日子。中央有关部门电话指示:不开追悼会,骨灰盒存放无锡。对于所送花圈,也不能写张闻天的名字。7月9日下午遗体告别,与张闻天几十年风

雨同舟的妻子刘英,在献给丈夫的花圈上只能写"献给老张同志"。9月10日火化后,骨灰盒被锁在无锡公墓办公室的一个木箱里面。

二、四个知识分子:刘恩典、张奚若、傅鹰、陈寅恪

知识分子。刘文典是民国时期一位响当当的人物,是被国民政府视为"国宝"的国学大师。1928年蒋介石当选国民政府主席后,来到安徽大学视察。刘文典拒绝召集学生让蒋介石训话。后来,刘文典见蒋介石时,刘称其为"先生"而不称"主席",蒋介石十分不高兴。刘文典大骂蒋介石:"你就是军阀!"气恼万分的蒋介石当场打了他两个耳光,刘文典一怒,当众飞起一脚踢在蒋介石的肚子上。蒋介石于是将他押解起来并要枪毙。后由蔡元培、陈立夫等人说情,仅被关七天就释放了。

张奚若在西南联大图书馆前的大草坪上,面对六七千名听众他说:"现在中国政权为一些毫无知识的、非常愚蠢的、极端贪污的、极端反动的和非常专制的政治集团所垄断。"他还给国民党政府下了一断语:"好话说尽,坏事做绝。"因此,中国要有光明的前途,只能是废除国民党的一党专政和蒋介石的个人独裁。他说:为了国家着想,也为蒋介石本人着想,蒋介石应该下野。假如我有机会看到蒋先生,我一定对他说,请你下野。1939年,张奚若第二次又对国民政府和蒋介石进行了大骂。一次,国民参政会开会,蒋介石也来参加会议,会议期间,张奚若当着蒋介石的面发言批判国民党的腐败和独裁,发表许多激烈的言辞。蒋介石感到难堪,就打断他的发言说:"欢迎提意见,但别太刻薄！"张奚若先生一怒之下，拂袖而去，从此不再出席参政会。等到下一次参政会开会，国民政府并没有忘记他，给他寄来了开会路费和通知，张奚若先生当即回电一封："无政可参，路费退回。"之后他们继续上课，继续不错的生活。

思想改造中，反右中，"文革"中，知识分子们再也无"棱角先生"或"民国炮手"了。

"我最讨厌'思想改造'，改造二字，和劳动改造联在一起。有了错才要改，我自信一生无大错，爱国不下于任何党员，有什么要改？现在所谓'改造'就是要人在什么场合，慷慨激昂说一通时髦话，引经据典，马、恩、列、斯。何必要用任何人都听不懂的话去说人人都懂的事？化学系只我一个人没上夜大学，受不了。夜大学教员把人都当作全无文化。毛主席说一句话，本来清清楚楚，偏要左体会右体会。煤是黑的——就完了。非要说什么'煤之黑也，其不同于墨之黑也，它和皮鞋油又如何如何'，全是废话。"（转引自龚育之《毛泽东与傅鹰》）后来他和北大校长陆平、历史系教授翦伯赞都是重点被批斗的人。这位"钦点"教授不只是胸前挂着黑牌子挨批挨斗，眼睛都被打紫了。在蒋天枢编著的《陈寅恪先生编年事辑》里，记录了这样一件事：1967年，陈寅恪的学生，66岁的刘节代替78岁的失明瘫痪多年的老师陈寅恪去挨批斗。追求独立之精神，自由之思想的陈寅恪没有什么反动的言论，也没有能力抬起刘文典那样的脚。

三、两个将帅：张学良、彭德怀

看张学良的命运。1936年12月12日晨，一代枭雄的蒋介石穿着睡衣在骊山半山腰的一块虎斑石后边被张学良的士兵抓住,看来骊山的华清池适合独裁者的妃子,而不适合独裁者。张学良的兵谏约等于造反。被手下造反,不得不签下条件,这一屈辱任谁都没齿难忘。所以蒋介石将张学良扣押了,先判了十年徒刑,后来就软禁。我总在想,蒋介石有没有一刀杀掉张学良,用他的血来洗掉这个耻辱的想法。张学良被软禁的时日里,他的生活得到了基本保证,有妻子在身边照顾生活,儿女也在美国受着高等教育。而不是妻儿不知何往,死后没有鞋子,更不是骨灰都不能写下自己的名字。站不更名,坐不改姓,这是中国人对自己姓名权的坚守。蒋介石只需要张学良一个说明,就可获得自由,张学良的可贵就在这里,他不为这个自由而背叛自己的灵魂,因为张学良没有被洗脑,继续活在他所受的基础教育中。

彭德怀,这个共和国元帅,总让我在夜深人静之时深思追想。他的信,他的请求,他的被批斗,他的凄惨结局,他的"权当历史上不曾有我彭德怀,权当不认识我,让我回老家当农民吧!"都让我一次次地想起那位被软禁了一生的张学良将军。

我用张闻天的话"历史最公正,是非、忠奸,这一切,历史终将证明,终将作出判断"来为这篇不短的文章做结语。

» 乐府到底是做什么的

上学时老师讲到《陌上桑》和《孔雀东南飞》时，告诉我们乐府是自秦代以来设立的配置乐曲、训练乐工和采集民歌的专门官署。于是我知道我们伟大的华夏，那么早就成立了音乐机构，而且是专为朝廷重量级人物服务的。

近日看到一个资料："据《周礼·春官·大司乐》载，这个机构的官员和乐师有固定名额，多至1463人，各有专门职司。大司乐——音乐的最高官职，总管音乐行政、乐制、各种典礼音乐的制定和实施、贵族的音乐教育、乐工的训练和管理等。官阶为中大夫，共2人。乐师——歌舞的总教习和总指挥。包括：大乐正(官阶为下大夫)4人，乐正(官阶为上士)8人，小乐正(官阶为下士)16人，共28人。大胥——乐工的总监督，并管理人事及学生学籍，有中士4人；小胥——演奏时监督乐工，并管理考试事宜，有下士8人。大师、小师——盲人，担任训练乐工及指挥合奏。大师有下大夫2人，小师有上士4人。瞽蒙——盲乐师，担任乐器的演奏及唱歌。包括：上瞽(官阶为上士)40人；中瞽(官阶为

中士)100人；下瞽(官阶为下士)160人，共300人。……府、史、胥——职员，共125人。徒——工役或学工，共610人。男舞师有定额者16人，无定额者多人。以上有定额人员共1463人，无定额者不计。"

从资料看，一、知道乐府里的人是有级别的，并参照朝廷里士大夫的级别给予待遇地位。二、知道乐府机构是朝廷的一个大型文艺团体，人员众多，规模庞大。

规模不小，支出的费用自然不低。在生产力落后，人口也不众多的古代，老百姓要付出多少财富，才能养活这些莺歌燕舞的人啊！还有，这些人不会为黎民弹唱一曲，也不会为百姓歌舞一次。也不知道当时的黎民百姓对这样一个机构持什么样的态度和说法？他们的工作不是为了养活他们的黎民，他们唯一的服务对象是皇帝等统治者们，为皇帝等统治者们提供娱乐，也提供侍寝服务。

说出著名的"色衰而爱弛，爱弛则恩绝"的汉代李夫人，她就是倡优出身，与乐府有直接的关系。古代的倡优，是有区别的，倡指乐人，优指伎人。乐府著名的作曲家李延年是她的哥哥，她哥哥精通音乐，所作歌曲每被汉武帝听到都十分欢喜。李延年这个小妹也是姿容绝妙、体态秀媚、歌喉清婉，于是李延年要把小妹"货与帝王家"。李延年精心创作了一首赞美小妹的歌给皇帝听。这样，李家小妹就在哥哥的颂歌中，闪亮登场了。皇帝一见李家小妹，骨酥肉麻，过了电一般，立刻发给她皇宫准入证。李家小妹飘然拿着证件踏进皇宫，不是坐船头，而是睡床头,开始皇帝妃子的每天好日子。李家小妹这个普通底层民间女子经过乐府的良好训练,从此改变了倡优命运。还有卫子夫,她是不是乐府出身,不大清楚,但有一点可以肯定,她也是货真价实的伎人。

显而易见,乐府从有的那一天起,就是为朝廷服务的娱乐工具或说是为使朝廷人高兴的音乐喇叭。进一步说,就是耗费黎民财产为统治者提供正大光明的腐朽生活的场所。其最大作用不过是给封建专制者唱唱赞歌,给那些皇帝们唱唱小曲,给统治者提供几个能歌善舞的女人罢了。好在就这么一个乐府,要是朝廷有十个八个这样的"文艺机构",百姓那真要负担太多太多的赋税了。

从《乐府诗集》里知道,诗歌的内容,一部分是文人专门创作的;一部分是从民间收集来的。专门创作的好像留下的没有几篇,而民间的东西却留下了不少。看来,乐府这个文艺机构,其存在确实没有多大的意义,后来它也真的消亡了。一个专门为专制统治者服务的机构,它怎么能不随着皇权的灭亡而灭亡呢?

》《新闻报》的发展与出售

就像人的命运一样,创刊于1893年2月17日的《新闻报》也有其自己独特的命运轨迹,经历了兴衰更迭的变迁。《新闻报》在中国新闻史上,自有其不可忽视的地位和影响,也正因为如此,《新闻报》老板福开森在报纸如日中天的时候出让股权,更令人沉思回味。

《新闻报》最初由一个英国商人丹福士主办,1899年11月丹福士商业失败拍卖《新闻报》偿还债务,这时福开森出资购得。此时的《新闻报》不过是一张小小的油光纸单面报纸,每日发行还不到三百份。想来,那时的这份小报都赶不上我们今天街头散发的小广告。

《新闻报》的成长壮大时期。这一时期,福开森聘请在他南洋公学里做总务员的汪汉溪为《新闻报》经理。福开森自己没有时间致力于新闻事业,定了个"不偏不党"的总办报方针后,就把一切大权交给汪汉溪。后来被称为上海报界"四大金刚"之一的汪汉溪,不负众望,从经营方式上想办法推动《新闻报》的发展壮大。他加强信誉,扩大再生产,搞建筑房屋。到了1908年,《新闻报》就迁到汉口路的一座四层楼里,成为一家根基很厚的大报馆了;到了1914年销售量达到2万份,他们购进二层轮转印报机成为上海由平板机改用轮转机的一个开端。如果说这是《新闻报》的硬件功夫,那《新闻报》在软件上下的功夫就更大了。经常调查研究读者的心理,"读者喜欢什么新闻,就多选登什么新闻,该报指定专人负责每天对比本市各级的内容,取长补短,如果别家报纸登载一条特别消息而为《新闻报》所无,就去函指导当地访员加强这方面的采访,力求不再落人之后"。福开森虽做袁世凯等人的顾问,但袁世凯要当皇帝时期,《新闻报》的评论和副刊,刊载了大量抨击讽刺文章。虽然是《新闻报》,但在副刊上他们也绝不逊色。《申报》有"自由谈",《时报》有"余兴",《新闻报》副刊"庄谐丛录"创刊于清末,民国三年(1914年)改名"快活林",由严独鹤主编,注重趣味性、知识性、通俗性,受到市民阶层的欢迎。还有"茶话"和"艺海"等也吸引了无数的读者,他们成为《新闻报》固定的读者群。

不说他们所建立的逐年加薪、年终分红制度,单凭在那个年代,他们就建立了退职人员领取养老金的人事工资制度,就让人刮目相看。如此制度是不是波士顿大学毕业的福开森的主意无从知晓,但这样的制度确实给《新闻报》的员工带来了巨大的动力,把《新闻报》看成是自己的事业,把报馆当成自己的家。这段时间,福开森住在北京,遥控管理,也可说是放心让汪汉溪和儿子去经营。每日的销量迅速攀升,到了1921年,已经超过了5

冷眼看红尘

万份；到了1923年已经达到8万份；到了1928年新建成五层楼报馆；到了1929年，销售达到了15万份，成为全国第一家突破10万份以上的报纸。

《新闻报》正处于全盛时期时，福开森却要出售《新闻报》了。为什么？1927年，北伐军到达上海，国民党在上海几乎垄断了新闻事业，建立了检查报纸的制度。"他们首先加强了对上海各报的言论控制，编写一些反共、反人民的新闻，报馆必须按照来稿登发，对于反军阀、反迫害、代表人民的意见和要求的新闻，则只字不许登载。"这时的上海，"各报面临到以前北洋军阀袁世凯、卢永祥、孙传芳管辖下所未曾有过的言论不自由的时期，报纸一面倒地成为国民党反动军阀的喉舌和工具"。各种报纸只能歌功，也只能颂德，不时还要接受指导检查，上海市的宣传部部长陈德征派人到《新闻报》担任编辑委员。敏锐的福开森看到这样的现实，在1929年年初出售了自己的股权。

从资料中我看到他还有这样的看法："中国未来的命运，不外乎中国人民革命成功或者国民党一党专政，人民革命成功会没收帝国主义的财产，国民党独裁也会限制私营新闻事业的发展。"《新闻报》的黄金时代已经过去，出售就是必然。《申报》老总史量才购下的不过是在大环境中迅速下滑的《新闻报》。这时的史量才大概还不知道，无论是《新闻报》还是《申报》，还是其他报纸，在党制的天空下会是什么样的结果，会遭遇什么样的命运吧！

有资料显示：1945年8月抗战胜利，国民党政府以《新闻报》在上海沦陷期间为日伪服务,进行接管,任命钱新之为董事长,程沧波为社长,赵敏恒为总编辑,詹文浒为总经理。拟定了《改组〈申报〉、〈新闻报〉办法》,使国民党在该报的股权占51%,达到全面控制该报的目的,从而使原先民营性质的《新闻报》成为"未挂国民党党报招牌的党报"。

也不知道,1943年回到美国,1945年在波士顿去世的福开森知不知道这样的结果。

冷眼看红尘

» 荣誉是个什么东西

从出生到现在我从来没有登上过什么台子去领过任何一个奖,所以那激动人心的快乐、兴奋、自豪,我也从来没有体会过。不过,每次都让我眼中满含泪水,心中热血奔腾,当然不是因为对那些获奖者羡慕、嫉妒、恨,也不是对那些获奖者敬服、钦佩、敬仰,而是那首我认为空前绝后的《运动员进行曲》。为写这篇小文,我还专门将此曲找出来,来切身感受感受,于是有了一点点的小感慨。

荣誉到底是个什么东西?这个奖那个奖,这个得奖那个得奖,这个按年颁发那个按单位颁发,这个颁奖词那个颁奖词,真多也真好。看起来荣誉这个东西是个好东西,可本质是什么呢?小时候一听到广播里说向谁谁谁学习,被授予什么什么时,立刻跑去对爸爸说肯定死了。爸爸就说我瞎说,等到听到最后果然死了,爸爸就拍我的小脑袋瓜。这是死后的荣誉,以生命为代价。那时对于身前的荣誉,没有更多的思考,只知道获得荣誉的人要加倍地为那个荣誉付出,有时还要捎带上亲人的付出。所以那时的我又觉得荣誉不是个好东西。

年长后读西方的某本书时，看到"荣誉如何可以被暴君所容忍呢？它以轻视生命为光荣，但暴君之所以拥有权力正是由于他能掠夺他人之生命。荣誉又如何能够容忍暴君呢？荣誉有其遵循的规律和固定不变的意志和欲望，而暴君无任何规律，其无常的意志和欲望毁灭了其他所有人的意志和欲望"。我吃惊得张大了嘴巴，荣誉这个东西不过是暴君手中猎杀生命或意志、欲望的一朵毒花。

后来想到萨特拒绝诺贝尔奖，为此我特意找到萨特的拒绝理由："我的拒绝并非是一个仓促的行动，我一向谢绝来自官方的荣誉。这种态度来自我对作家的工作所抱的看法。一个对政治、社会、文学表明其态度的作家，只有运用他的手段，即写下来的文字来行动。他所能够获得的一切荣誉都会使其读者产生一种压力，我认为这种压力是不可取的。我是署名'让·保罗·萨特'还是'让·保罗·萨特——诺贝尔奖获得者'，这绝不是一回事。"是啊，真的不是一回事。清醒的萨特，拒绝的不是那个奖，而是官方，官方荣誉带来的负重。无负重的萨特将他对社会、政治、文学等一切认知给予后人，让我们看到自由，看到存在。

当然荣誉也是个好东西，因为与名利有扯不清的关系。在专制社会里，一切官方组织都从不吝啬荣誉，将这一荣誉奖给自己，将那份荣誉奖给他人，热火朝天地奖来奖去。就想有什么意思？劳民伤财的。后来看到这样一句话："荣誉的性质是优遇

和高官厚爵。由于这个缘故,荣誉因而能在政体中占有一席之地。"我才明白为什么那样地喜好,那样地乐此不疲,那样地轰轰烈烈。荣誉成为踏上高位的一个个光亮而能见得人的台阶与梯子,尽管获得的某些荣誉的渠道与方式是阴暗的、卑鄙的。在一个物欲横流、廉耻坍塌、黑白混淆,人们不看路径、不看手段,只看结果的尘世,荣誉已经堕落为一块朦胧而闪光的遮羞布,人人知道荣誉遮住了什么,也知道荣誉什么也没遮住。

贪官的保险柜里锁有巨额赃款不奇怪;贪官办公桌藏有"二奶"内裤不吃惊;贪官衣柜装有几本外国护照不惊讶;贪官的家属移民国外不稀奇,但在贪官办公抽屉或家里都有一摞子一摞子的荣誉证书,或"一麻袋荣誉证书",似乎有点让人奇怪了。这个优秀是谁发放的?那个先进是谁颁发的?众多的荣誉证书握在一个个贪官手里,说明要么所有的颁发机构出了问题,要么整个制度存在问题。另一个说明就是荣誉也像其他东西一样被垄断了,一个个荣誉证书就是这些贪官小暴君们获得的一个个奖赏。这样的荣誉,还是个东西吗?

如此看来,荣誉是个东西,也不是个东西,要看谁颁发,谁获得等很多内容,才能确定荣誉到底是个什么东西。

» 随感四则

一、楼下总有很多人，大部分是带着还没有进幼儿园的孙子或子女玩耍晒太阳的人。我也常常坐在那里看他们怎样带孩子玩。后来我发现一个现象，是每个带孩子的人都会做出的行为。

摔摔撞撞走路的孩子，难免要跌倒，也难免要碰到一些东西被绊倒。摔倒的他们，每每都是大哭起来，心疼得不得了的大人抱起孩子，每每在孩子跌倒的地方，使劲用自己的脚踩那块地，嘴里不停地说：宝贝不哭，不哭，你看奶奶（妈妈或爷爷）使劲踹它了，使劲踹它了。如果是个小石头，或者是个小木棍，还会再狠命地一脚将石头或木棍踢到老远的同时，还让孩子看到绊倒他们的东西的惨烈下场。小孩子就在这样的行为动作中，慢慢止住了哭声。如此的场景，只要我驻足有小孩子的地方，都会不时看到。

在小孩子的心里，注入的是什么呢？

二、邻居们请我帮忙辅导他们的孩子写作文，经过一段时间的辅导，几个孩子的作文写得很不错，能够在学校或市里的作文

大赛上获奖,所以就停下来不再辅导他们。后来一个个孩子又不断地到我家里来,因为学校的老师不断地让他们完成他们无能力完成的作文。这也罢了,毕竟老师的目的是学生更加优秀。我对这些孩子说:"这样的作文已经远远超越了你这个年级的知识范围了,但我可以给你们讲一下怎么写这类的作文。"他们回答我的话,令我十分震惊:不用给我讲了。老师说了,写不出来没关系,可以上网查,然后抄下来!我说老师是在课堂上对你们全班同学说的吗?他们说是啊!后来这样的事情不断地发生,我便对他们说,我的电脑坏了,无法上网!你们最好自己写,其实你们可以写出不错的作文,要相信自己的能力!然而,他们还是愿意听学校老师的话,跑到网吧去了!

学生,老师,学校,抄袭的问题便在我脑海里不断地出现,真是一切从小抓起啊!

三、我的一个好朋友在某一组织部门工作,有一次不经意间看到了两份评价同一个人的材料,他看后就对我说了材料的内容。

第一份:该同志性格急躁,与下属关系有失和谐;对领导有失尊重,爱居功自傲;喜欢耍聪明,有刚愎自用、自以为是的个性倾向。不愿意与下属经常沟通,处理问题时优柔寡断,没有魄力。

第二份:该同志性格雷厉风行、果断坚决,机智灵活,与下属不同流合污;对领导不卑躬屈膝,敢作敢为;拥有展示才华的能力,勇于担当,敢于拍板;在群众中有威信、有威严,处理事件问题时沉着冷静，自如应对。

　　我听了后，知道中国文字真的很神奇，真的很伟大，而操控文字的人更了不起，佩服，佩服！

　　四、喜欢读书，每买一本书都先看看作者简介。后来读得多了，就发现一个有意思的现象。不用看书的内容，不用看书的出版社，我只根据作者的个人简介，就能判断出这本书到底是个什么水平。我将其分成三类。第一空前绝后类，只要个人简介中出现"本书填补了……空白"，"著名作家"，还有什么"大文化"评论或学术等类似的大得不能再大的词语，我基本就不再翻了。因为我总结出自夸程度与书的水平基本成反比。第二直白简洁类，简单介绍自己做过什么出过什么书。这类的书就可以在手中多停留一些时间，进一步就可以买下来。第三谦逊低调类，一般情况下这样的简介，他们的书不用犹豫太久就可以买回家了，如果是博客，也可以认真阅读，不会浪费时间。盐城一个叫嵇绍玉的人在自己的博客这样介绍自己："没有家学、没有师承，没有起伏的人生，不藏书、不用功，不会思考问题，博客多不是原创，复制粘贴，十分钟一篇，玩玩而已，一两人看看而已。"我当时看了这样的个人简介，知道他写的东西或者转载的东西，一定要看看。看后，那真是了不得，不仅有深厚的古文功底，而且其语言大气而优美，那评论到位而新颖！读他的文字，可以说是一种很美的享受。再举一例，《历史何其相识》的作者简介："宋燕，'70后'靠谱女，理工科出身的新闻人，经历简单生活安定，所有的跌宕都发生在从事的工作中和读的书里。在一线做

　　新闻做了十几年,大是大非家长里短都曾涉足,到三十岁开始读历史,却发现所做过的一切都不是什么'新'闻,不过是重复千百年来的老故事而已。"这本书写的真是棒极了,好得让我一口气读完不说,还不时翻翻向她学习!

　　读书的好友,你不妨根据我说的选书经验来试试,结果要告诉我呀!

» 他们不一定瞑目

　　不时地在这样或那样的报刊上看到回忆类的文章，这个将军平反了，可以瞑目了；那个知识分子被昭雪了，可以瞑目了；这个冤假错案纠正了，可以瞑目了。他们对死去的人，大部分都说了句"可以瞑目了"。每次看到这几个字，我都要停下来思考一会儿。"可以瞑目了"，第一层含义就是相信有灵魂，第二层含义就是他的灵魂得到安宁。死去的人我们无法见到，他们怎么想的活着的我们又如何可以知道他们就瞑目了？也许他们正大睁着眼，怒目而视呢！

　　从个人角度来讲，他们蒙冤的时间太久了。那些右派所经历的残酷虐待，那些"文化大革命"时期被打倒、被批斗之人所经历的非人折磨。一场运动下来，有的满含冤屈年纪轻轻就离开人世，有的庆幸活下来也是由意气勃发的青年，变成腰弯背驼、妻离子散之人。如果有灵魂，那么在另一个世界的他们就会因平反而将一切消散掉？如果是还活着的人，那么长时间的苦难折磨，会因平反而将一切遗忘？他们的人生已经被毁了，不要在他们死

冷眼看红尘

了之后,替他们说可以瞑目了。我们代替不了他们,因为我们不是他们,即使是他们的子女,也不能这样说,这是对他们经历残酷折磨的遗忘,更是对他们几十年来所经历痛苦的亵渎,更是对那永远失去的青春与生命的强暴。如果有灵魂,我宁愿相信他们没有瞑目!

瞑目本是指闭上眼睛,后多指人死时无所牵挂。如果仅从死者被平反,就断定他们可以瞑目,可以无所牵挂了,未免将他们的心胸看得太小了。当年的他们,有的人一腔热血投到革命队伍里;有的人背叛自己的家庭分了自家的财产;有的人抛弃优厚待遇毅然留下来建设新中国;有的人将自己的真知灼见毫无保留地献了出来……他们的胸怀是多么宽广,他们的内心对这个国家是多么热爱,他们的眼中对这个国家的未来充盈着多么美好的希望。如果有灵魂,那么"热爱党,热爱人民,忠诚于伟大的无产阶级革命事业"的他们不会因了平反,就对这个国家无所牵挂。有着高贵品质的他们不会因了平反,就对这个国家的走向不给予关注,他们会注视这个他们用青春与生命浇筑的国家,变成了什么样子,将会是什么样的结果。如果是我,何人胆敢替我说出"瞑目"二字,我将诅咒他也来尝尝这个冤屈的经历与滋味!

从社会的角度来讲,悲剧不再重演,冤屈不再出现,那些被平反之人在地下也许会瞑目,但悲剧是否真的没有重演?冤屈是否真的没有再出现?"山川宛如旧,多少未来人。"未来人不再经历他们的经历,不再承受他们的承受,才是真正的瞑目与安宁。如果平反对个人是一种冤屈的昭雪,那么彻底清算那个时代的错误就是对民族最正确,也是最有未来的负责。平反了,就轻易对死者说可以瞑目了,这是对冤屈者的一种不负责,更是对那些制造冤屈之人的宽容与原谅。虽然那不是单个人的错误,但那是一个时代、一个社会、一个执政党的错误,必须追究,否则,其具有的遗传性将会带来无数的冤屈和悲剧。

或许他们真的"瞑目"了,因为不忍心再看到他们为之努力、为之奋斗的结果是这个样子,或者懒得看这样的现实,不过这不是瞑目,是死心了、绝望了。这不在本文讨论的范畴内。逝者无法言说他们是否瞑目,是否无所牵挂,但我想说,平反不会抹去对人民的迫害,也不会擦去对民族的摧残。安慰那些冤屈灵魂的不能只停留在平反上,需要做的事情还很多,任重而道远!

冷眼看红尘

» 梁山为什么没有未来

　　对于梁山的未来，在我有限的思考范围内，想过很多种，但都被我逐日一一否定了，最后我还是认为梁山这个轰轰烈烈的地方，无论怎样也是个没有明天、没有未来的地方。

　　第一，梁山起家的根底与一切王朝政权的取得根底没有大的区别，甚至梁山的起家更登不上台面。

　　先看王伦的梁山。水浒里说王伦没考中进士，后和杜迁还有宋万等人在梁山扎寨，做一些"打家劫舍"的事情。来投奔的人员也多是"做下迷（弥）天大罪的人"，而且入伙者每人必须交一份让王伦放心的"投名状"。对投名状的要求没有具体的条件限制，不论好人还是坏人，只要拿来人头就可以。落第的王伦与落第的黄巢、落第的洪秀全，都选择了"投笔从贼"的道路，但王伦的起家之路未免有些狭窄，境界也未免低洼。无论从志向还是从造反宗旨上看，王伦都没有黄巢、洪秀全的高远宏大。这也是王伦等梁山人不被伟人称为"历史发展的真正动力"的一个原因吧！

其次看晁盖的梁山。晁盖的梁山时光虽然比较短暂，但也不能忽略。晁盖的交椅，也是依凭武力与鲜血获得的，林冲充当了一个先锋打手的角色，为晁盖垫平了上交椅的台阶；所以当看到王伦的鲜血流在大堂上的段落时，我便知道梁山这个角落一样充盈着阴谋与抢夺，不幸的是王伦成为晁盖的垫脚石。阮小七曾对吴用说"如今泊子里新有一伙强人占了"，这个新强人王伦也是踩着那个没留下姓名之人的鲜血与尸体登上了梁山的宝座。

最后看宋江的梁山。宋江的梁山时光，看起来似乎不那么血腥，但细究起来更加阴诈和血腥，无辜死亡的人数及受害的范围比照以前，创下了梁山的纪录。宋江为赚取秦明上梁山，将秦明家小全部杀掉，"引人马来打城子，把许多好百姓杀了，又把许多房屋烧了"。秦明说宋江的计谋"害得我忒毒些个"了，对那些平白无故家被烧、人被杀的人们来说，难道不是忒毒些个了？到了李逵刀劈四岁小衙内，朱仝知道也是宋江等的计谋，也说"只是忒毒些个了"。一系列依凭"忒毒些个"的手段建立的天下，岂能有美好的未来？同时也让我们知道宋江比任何梁山人都可怕，也使梁山从此由绿林规则进入了以权谋和诡计为规则的阴暗时代。

第二，梁山的经济从开始到最后就没有未来。

都知道经济是一个社会或组织的基础，没有经济作保障一切都要归为零。梁山的最初经济收入是"打家劫舍，抢掳来往客人"。这样遇到的客人是富翁，那么收入就多；遇到穷苦的客人，收入就少。刮风下雨，人家不出来梁山也就没有收入。到

了宋江时期，也是采用抢劫的办法来维持梁山的经济运转。只是宋江的抢劫规模比较大，由抢劫个体变成抢劫地主、官宦、官府，抢劫钱款的数量大一些，但毕竟地主、官宦、官府数量是有限的，抢劫的次数越多，可抢劫的地方就越少，可持续性抢劫实在短暂，依凭竭泽而渔的这种经济收入来维持梁山的生存，大碗吃肉、大杯喝酒、大秤分金的梁山时光，能长久吗？把资源统统用在自己这一代，而不顾子孙后代如何活的一个组织，能有明天吗？

第三，梁山是一个隐形的专制极权统治。

阮小五说梁山："他们不怕天，不怕地，不怕官司；论秤分金银，异样穿锦；成瓮吃酒，大块吃肉，如何不快活？"看起来很公平，但细看起来似乎更加不公平。他们不怕天，不怕地，不怕官司，可是他们在宋江的一人领导之下，任何人不能违背宋江的旨意，全部被宋江控制在宋氏的思想之下。"替天行道"是宋氏理论，这个天实在很虚假，也许在宋江的心里是天子，在众多弟兄的眼里可能就是天下，不过随着内容的进展，可以看出这个天，更像"每天"的意思，每天行自己认可的道理。众多弟兄紧紧地围绕在宋江的身边，宋江用心机将自己的阴谋一点点地通过他人实施出来。只有一个没长脑子的李逵，在朱仝因为他刀劈四岁小衙内发怒时说出了心里话："教你咬我鸟！晁、宋二位哥哥将令，干我屁事！"这个计策只有宋江想得起来，晁盖不过是聋子的耳朵罢了。

专制极权社会所具有的一切特征，在梁山这个山头都具备，甚至更加集中。专权社会认为天下是他的天下，江山是他的江山，怕失去还尽可能地收买人心，不敢明目张胆地行不轨。梁山表面上不是某个人的家，是弟兄们的家，实际上又是谁的山头，又是谁一人说了算？我曾说梁山比它要反的朝廷更黑，一个阴谋、黑暗、血腥的组织就是取得了政权，又会有什么样的未来呢？

第四，梁山是个没有个人言论自由，也没有个人行为自由，更没有个人精神自由的地方。

弟兄们说话的权利被剥夺了。能反抗宋江言论的人，在宋江的软硬兼施下，众多弟兄缄口。七十回里张清被阮小二等人捉住来见宋江，受张清打伤的众人要来杀张清，宋江这样恐吓弟兄："众弟兄若要如此报仇，皇天不祐，死于刀剑之下。"结果是"众人听了，谁敢再言"。在《水浒全传》第七十一回里的菊花会上，宋江大唱招安歌，提出反对意见的一个是武松，一个是李逵，对待他们宋江也是采用不同的办法。先来说如何对待李逵，宋江大喝道："这黑厮怎敢如此无礼？左右与我推去，斩讫报来！"刚刚写出和唱出"愿樽前长叙，弟兄情如金玉"的宋江一眨眼工夫就刀斧伺候弟兄了。李逵是宋江的铁杆钢丝，如此惩戒李逵，无疑是杀鸡给猴看的把戏，然后又上演了流泪的一场戏。再来说对待武松，宋江先批评接着用荣誉来诱惑："兄弟，你也是个晓事的人，我主张招安，要改邪归正，为国家臣子，如何便冷了众人的心？"看宋江的话，武松你是个晓事的人，但你今天不晓事了；再有我招安我要当国家臣子的愿望，就是众弟兄们所有人的愿望。武松没有能力反驳，但鲁智深替武松进行了尖锐自白的反驳："只今满朝文武，多是奸邪，蒙蔽圣聪，就比俺的直裰染做皂了，洗杀怎得干净？招安不济事，便拜辞了，明日一个各去寻趁罢。"宋江的回答很是苍白，说"皇上至圣至明"，又用"青史留名"来安抚众弟兄。最后菊花会以"当日饮酒，终不畅怀"而结束！此后，还有谁敢言反对意见？后来李俊等人无声离开，鲁智深、武松不跟随宋江回去，就是在用行动投宋江的反对票。

  第六十回里，宋江坐上货真价实的梁山第一把椅子后，没有和任何人商量，先把晁盖的聚义厅改成了忠义堂，然后将梁山的众多人进行了重新的"大洗牌"，最后又斩钉截铁地说："分拨已定，各自遵守，毋得违犯。"无论梁山哪个弟兄爱干什么，不爱干什么，想干什么，不想干什么，怎么干都得由宋江一个人说了算。到了第七十一回排座次，我仔细对照一下第六十回宋江刚坐上第一把交椅时的人员安排，发现那个牌简直像是从宋江肚子里拉出来的。

  梁山的众兄弟已经被宋江操控，只差欢呼万岁万岁万万岁的程度。后来的梁山已经不是梁山，而是"宋山"，变成了宋江一个人的山头，宋江一个人的脑子，宋江一个人的精神世界追求了。而这样一个世界，怎么能有未来？

» 玉皇与宙斯之比较

一个是东方神话的天庭最高领袖,为众神之王;一个是西方神话的至高之神,为万神之王。把他们两个放在一起比较,似乎有点不伦不类,但笔者觉得东西方的最高之神,他们真的有很多的不一样。

他们神权来历不同。宙斯为克洛诺斯的最小儿子。克洛诺斯通过推翻他的父亲乌拉诺斯获得了最高权力,他担心他的孩子也会效仿他的行为,于是残暴地把他的孩子们吞进肚子。他的妻子瑞亚因为不忍心宙斯也被吞进肚子,于是拿了块石头假装宙斯给他吞下。宙斯长大后,联合兄弟姐妹一起对抗父亲,展开了激烈的斗争。经过十年战争,战胜了父亲。《西游记》里,玉皇大帝的地位如来是这样说的:"他自幼修持,苦历一千七百五十劫。每劫该十二万九千六百年。你算,他该多少年数,方能享受此无极大道?"民间也有一个这样的传说:盘古开天辟地以来,天地间一切祥和,后来诸神开始争斗,人间荒淫无度,使得天地三界大乱,太白金星因此下凡来做三界大帝。太白金星化身乞丐,四

处寻找，后来到了张家湾，发现了一个人称"张百忍"的人，将那个屯子治理得非常和睦，并且为人和善慈悲，因此带回天庭做了玉皇大帝。一个是在充满斗争和智慧的环境中，拼搏成为最高之神，一个是在有超级忍耐力的情况下，修持成为天界之皇。

他们的情感世界不同。宙斯仅妻子就有过七位，外遇更是数不过来，有神界的神女，有凡间的美女，可谓到处播撒爱情的种子。神界里到处都是他和妻子、小情人们生出的一个个英雄儿子和绝色女儿。宙斯的妻子赫拉也和街对面的二嫂子一样爱嫉妒，而赫拉和宙斯也像邻家王五大哥夫妻一样经常发生激烈争吵。这样一个情事多多的"花花公子"成为统领神界的首领形象，既像我们古代的三宫六院七十二妃的皇帝，也像身边爱闹绯闻的风流小哥。从传说和书籍来看，玉皇大帝就只有王母娘娘一个妻子，没有什么出轨啊、外遇啊之类的事。夫妻两个似乎是挂在墙上的画一样，其状态传达出了一个天庭最高之神的神秘和庄严，没有任何情感瑕疵的一个完美形象。这样一个形象是否符合神话和现实，我们的神话创造者似乎没有想，或者是在掩盖，或说寄托了一个与现实不相符的愿望。反正东西方最高之神的情感，直接表现出一个是情事众多，一个是绯闻点滴皆无。

他们的属下对他们的统治表现不同。普罗米修斯是宙斯的部下，但敢于挑战自私、专横、残暴的宙斯。当他看到宙斯拒绝给予人类最需要的火时，就勇敢地将火种偷出带给人类。遭遇了被锁在高加索山上，每日有秃鹰啄食其肝脏，然后又长好，周而复始的悲惨命运。阿忒拉斯这位高大强壮的普罗米修斯的兄弟，也因反抗宙斯的无理统治而被罚顶天。宙斯看中了年轻英俊的特洛伊王子加尼米德，派使者前去邀请他来当侍酒一职，可加尼米德爱好自由，不愿受人统治，根本不理宙斯的邀请。就连宙斯的妻子赫拉也敢于反抗宙斯。有一次，以赫拉为小组领导，以波塞冬、阿波罗等奥林波斯神祇为成员的造反组织，乘宙斯躺在床上熟睡之际一拥而上，用生牛皮绳把他捆绑起来，接着讨论继承宙斯王位的人选。玉皇大帝领导的天庭，有谁反抗过他的统治？有谁挑战过他的统治？有谁对他的统治提出过异议？似乎没有，就一个孙悟空敢挑战，他还不是出生在天庭的本家神仙，是个石头缝子里蹦出的小猴子，不属于体制内人员，最后还是通过唐僧这个载体被"体制"了。体制内的诸神们一个个俯首听命，小心翼翼，诚惶诚恐。看来做西方的最高之神十分艰难，而做东方的最高之神却是十分容易，因为一个有反抗，一个没有反抗。

他们的领导体制不同。宙斯对其父的暴政极为反感，他联络众兄弟对其暴政父辈进行了一场旷时十年的战争。伟大的胜利之后出现了谁做王的问题，当然宙斯和他的兄弟们互不相让，最后用拈阄来决定。他们没有采用武力拼杀，而是利用拈阄这种也算作比较合理的方式来解决。拈阄之后，也出现了不断向前进步、发展、完善的趋势，由宙斯父亲的一人霸权，走向分权：宙斯做了天界的王，波塞冬做了海界的王，哈迪斯做了冥界的王。玉皇大帝在《西游记》乃至传说中，军事、政治、经济、文化、法律等权力全部而且牢牢地握在他一人之手。居于塔尖权力的他对天庭、地府、江海龙王世界的统治，始终没有出现过把权力分解或

冷眼看红尘

分化的情况。无论大小事情，他都要亲自领导，亲自处理，如凤仙郡主推供桌，猪八戒戏嫦娥这类小事不都是他亲自出马嘛！读神话，我没看到西方的哪个神，膜拜取得神权又分权的宙斯。玉皇得权后以布天之德、造化万物、济度群生的形象垄断权力，因此人们膜拜他，迷信他。

他们建立的神位体系不同。宙斯神界建立的神位很全面，不光有关于自然界的，更多的是与人的精神有关之神。如激励女神塔利亚、光辉女神阿格莱亚、欢乐女神欧佛洛绪涅、秩序女神欧诺弥亚、公正女神狄刻、和平女神厄瑞涅。他们还有艺术之神，如爱情诗女神依蕾托、颂歌女神波利海妮娅、抒情诗女神优忒毗、雄辩和叙事诗女神卡拉培、历史女神克利欧、天文女神乌拉妮娅、悲剧女神梅耳珀弥妮、喜剧女神塔利亚、舞蹈女神特普斯歌利。并且有关于学习、运动的女神。在我们东方神话中，我们看不到关于艺术的神，也看不到关于人的情感与精神的神，看到的更多的是关于统治和压迫之神。倒是有一个文曲星，不过还演变成为指那些因文章写得好被朝廷录用为大官的人。在玉皇大帝手下真要寻找一个关注精神、艺术、生活之神，还真是有点儿难。

篇幅有限，就不再比较了。当然他们也有更多的相同之处，都拥有无上的权力和力量，他们都拥有共同的残暴性格，他们都是万灵的主宰，他们的决定都不可更改，他们的意愿都不可变化，他们的威严都不可颠覆。

» 刘文彩在今天

小时候读《收租院》时，是怀着满腔的愤怒去痛恨刘文彩的，他逼得百姓卖儿卖女，而他自己却过着花天酒地的生活，当时看一段，就有种要拿刀砍他两刀的欲望，为那些成都、川西、川南等地的老百姓报仇。那天，因查找贪污犯罪之类的资料，在网上偶然发现了刘文彩的资料，突然想，刘文彩要是在今天会怎样？我还会不会愤怒得要拿刀动枪砍杀刘文彩？

刘文彩最著名和最让人记住的是收租的事。"男的肩挑手推、妇女背背篼、儿童拉着鸡公车，双目失明的老人来交租"，这情景是很凄惨的了。佃户们在交不够"铁板租"时，则被拷打、威逼，资料显示主要是这些手段。不禁想，刘文彩的手段也不能算怎样高，还是个典型的大地主而已。他还没有用割舌头的办法来逼租，也没有用车轮子把挡了他道的人轧死、撞死，刘文彩的手段今天看来还是小儿科，处于初级阶段。说句实话，凭着他的财富，凭着他的力量，其招法会更高超的。好在他死在了旧社会的1949年年初，要不，他非干出几件惊天地、泣鬼神的大事

冷眼看红尘

不可,让人看看他这个地头蛇的能耐是什么。

当时刘文彩的生活的确是高水准的、奢靡的,有奶妈、有司机、有轿夫、有丫鬟、有种田工,等等。那么大的大地主有这么几个人侍候,现今看起来也不算什么。要是在今天,刘文彩的生活可能就不是这个样子了。他当时睡的是金龙抱柱退一步大花床,占地面积达9平方米,相当于当时的100余亩上等水田一季的收入,约等于今天的人民币三四万元,与宾馆里总统套房的床相比,差远了。刘文彩若看了这样的床,非是一看一瞪眼不可。他一年的大烟钱消费折算成大米,可供300人吃一年。折合成人民币9~11万元之间,说起来也不算个啥。"大熊猫"、"大中华"多少钱一盒,多少钱一条?一年花多少?贪官污吏去港澳赌一次赌掉了多少?数字笔者不说,大家也都像知道天上有个太阳,水中有个月亮一样。当然,刘文彩还有其他的消费,但折算来折算去,怎么也折不过某些人。比如,"红楼"里的消费者们。在他们面前,刘文彩那是"陈奂生进城",长了见识的。

刘文彩的庄园是很大,可就那么两个"老公馆"、"新公馆",而且是10余年才陆续建成的,与有几百套房子的人相比,那是小巫见大巫。他要是看了某些人家别墅的气派,非气得再盖上两个公馆不可。但如果只以他收租的费用,是到了100岁也盖不起来的。那时的他一定也明白。

刘文彩的父亲是个有些土地且兼营烧酒作坊的地主,像这样的地主在旧社会是很多的,我爷爷就是这样的。刘文彩本人也是赶牲口贩运货物做些小生意的人,而今看起来,也是个自己创家业打江山、没有后台、没有靠山的靠个人奋斗出来的

上篇
蠡测文化

人。聪明的刘文彩在那时就知道仅靠贩运是成不了大气候的，必须与军事与政治结缘，借助枪杆子获利要比贩运货物多得多、快得多。

刘文彩担任了叙府捐局局长，叙府百货统捐局局长，叙南护商事务处处长，川南水陆护商总处长、川南水陆禁烟查缉总处长，川江航运管理局局长等职务后，他的利益才猛增了。他创意了很多个收税名目，像什么烟苗捐、锄头捐、印花捐、猪牙捐、妓女捐、厕所税，等等，如果抛开刘文彩强征名目繁多的赋税的行为，看他所立的名目，还是蛮有创意的，假使这些东西不是进了刘文彩个人的腰包，而是进了国库，刘文彩极可能就是今天的创税大王、收费标兵、先进模范了。

以前只知道刘文彩靠怎样怎样欺诈农民，侵占土地变成恶霸地主的，那时就想，只靠农民的那点子粮食，怎能有那么多的钱？今天才清楚，他的大多钱财是和权力勾结在一起共同创造的。他真聪明，那时候就知道走枪杆子里面出金钱的道路。现今，他又会采用什么样的办法呢？可能更高明了吧。

想来，大邑县是他的根据地，凭借着枪杆子，凭借着金钱，凭借着他当的若干个局长的位置，刘文彩的大邑县会不会成为新的"大邱庄"呢？会不会也私设公堂，把人干净利落地打死？会不会成为人们共学的榜样？登上高台、戴上红花，当个什么劳模呢？我不知道刘文彩活在今天到底会怎样，但我知道他肯定会活得很风光，很不一般。不信，你就静下心来想一想。说得不对，我情愿你骂我。

冷眼看红尘

» 幸运的詹天佑

　　火车驶出八达岭，映入眼帘的是高大的詹天佑铜像，这位中国铁路之父粉碎了外国的"要在中国修筑这样的铁路，恐怕这样的工程师还没有出现"的蔑视之言，而且利用全新技术让老外们目瞪口呆。为此我们记住了京张铁路，记住了詹天佑。但这位建筑工程师和路务总办背后的故事却似乎不是人人知晓的。历史常与我们开玩笑，让人记住了结果，却忘记了开端。时至今日，在仍然记住詹天佑的时候，我在为他庆幸。

　　1905年，围绕着北京到张家口一线的铁路建筑权，外国列强之间爆发了激烈的争吵，它们互不相让，僵持不下。此时，袁世凯刚刚坐上直隶总督的交椅，这是个炙手可热、令人眼红的位子，同时也不是谁想坐就能坐的。袁世凯正要踢那么几脚，烧那么几把火。所以，他奏请朝廷照会列强，说中国人要自己筹建铁路。当时的情况是列强们认为中国根本没有能力修筑铁路，像上天取星星那么难。所以也就想看看中国人的笑话，不再互相争吵了。

上篇
蠡测文化

按那时的历史分析,北京至张家口虽然只有170公里,但有居庸关、八达岭等十分复杂的地形,中国人到底能修成什么样,也是很难确定的。

不过,此时的袁世凯倒是拿出了一点以后要当皇帝的固执劲和勇敢劲:"咱争的就是这口气。"这位直隶总督也就真和列强们较上了劲。从人、财、物上给予最大的支持。用现在的话说就是一切给修筑铁路开绿灯,直到把这个"气"彻底"蒸"出来。

为此造就了詹天佑,在天时、地利、人和上。我们记住了詹天佑怎样修筑"人"字形线路,怎样显示了"我国劳动人民的勤劳与智慧,振奋了民族精神","代表了炎黄子孙百折不挠、永不屈服的高尚的民族气节"等。詹天佑的这种精神在今天到底能不能弘扬爱国主义精神激励人们为中华民族的伟大复兴而奋斗,不敢断言。但至少不能忘记詹天佑是在袁世凯拍板之后给予大力支持的条件下实现的。

假如没有袁世凯的奏请,列强还会争执下去,修铁路这块肥肉就会被它们瓜分。

假如袁世凯利用自己直隶总督的权力,把这块肥肉让给那些列强,那么,列强送给他的好处一定比我们自己修铁路的困难多。这对袁世凯来讲,是上嘴唇与下嘴唇之间的事。管你是豆腐渣还是煤渣,管你伤了人命还是丧了权、辱了国。反正詹天佑是不会名扬九州的。

假如,袁世凯奏请了,詹天佑这个总工程师和路务总办也走马上任。袁世凯既不给詹天佑人、财、物上的支持,也不给詹天

佑"开绿灯",就让詹某人自己想办法解决问题,那么詹天佑就是有天大的本事也造不成京张铁路。

假如袁世凯大笔一挥,给足经费,但詹天佑必须首先要把工程跑明白了。管事的人家的门槛踏薄了、钞票铺平了,铁路才能修建。此时,修铁路的钱也就没几个了。或许说得有点过,但哪个被曝光的工程不沾满了"灰土"?所以即使詹天佑把京张铁路修成了,火车也是非掉轨不可的。好在詹天佑生活在那个时候,遇见了刚坐上直隶总督交椅的袁世凯。

看着詹天佑执着坚毅的目光,我不禁对詹天佑说:"你是幸运的,虽然站在你背后的袁世凯千错万错地披上了龙袍,但对你和京张铁路是没错的。"

» 唐僧：体制内的宠儿

十四年的取经路，其艰辛不是常人所能承受的，这也是佛教、天庭、地狱、人间整个体制保护唐僧的一个主要原因，但更根本的原因在于唐僧对这个政权体制的敬服和膜拜，使他成为体制内不可多得的宠儿。细分析《西游记》里的天庭、佛教、地狱、人间，分属四个不同地域，却在一个体制统治之下，彼此形成了一个稳固、庞大、密切联系的整体。就唐僧而言，他是行走在这个境内的虔诚行者，因而唐僧既被整个体制所喜爱，也被其他不在这个体制中的妖魔鬼怪所喜爱——要吃他，要吃他是因为他被体制内的人宠爱。

地狱也可以走后门，人间皇帝到了地狱，本该到了阳寿，通过崔判官就改加了二十年；佛家世界，如来佛也纵容手下跟人要"人事"；天庭世界，也是官官相护，贪婪成性。在统治上，四者一脉相承，并互相勾连，形成一个足够大的网络。如来佛世界的代表人物观世音的大徒弟木叱，乃天庭玉皇大帝最得意的人托塔李天王的二儿子；人间皇帝是天庭上的真龙下凡；地狱的判官

是人间皇帝曾经的下属。唐僧和这四者都有着紧密的关系：唐僧是天庭里某个龙王救命恩人的儿子；是地狱里一个冤死之人（唐僧父亲陈光蕊）的复仇者；是人间朝廷里祈保江山稳定的精神使者；是如来佛世界里的佛家二徒弟。唐僧行走在这样庞大的集团里，成为一个令人瞩目的特殊人物，具有了担负特殊使命的背景。"一个人只因为他是那个集团的成员才受到尊敬，也就是说，并且只有他为公认的共同目标而工作才受到尊敬，并且他只是从他作为该集团成员的资格中获得他的全部尊严。单纯依靠他作为人的资格却不会带给他什么尊严。"（[德]哈耶克著：《通往奴役之路》，京华出版社出版）唐僧成为了整个集团的成员，也在为整个集团的共同目标工作。

上述只是获得这个庞大体制认可的条件，并不能获得整个体制的宠爱，获得宠爱的最根本原因还在于，唐僧他自身所具有的整个体制所需要、所符合、所喜欢的性格特点：胆小愚昧、懦弱无能、优柔寡断、心地单纯、笃信整个体制的各种规则的正确性、真理性、伟大性。

唐僧被人间统治政权所喜爱。唐僧率领一千二百高僧在长安城念经，人间皇帝每每前去拈香拜佛。在知道了大乘佛法"能解百怨之结，能消无妄之灾"后，人间皇帝就要差人前往去取，"来修善果"。当问到谁愿前往时，唐僧一马当先："贫僧不才，愿效犬马之劳，与陛下求取真经，祈保我王江山永固。"唐王激动地说："法师果能尽此忠贤，不怕程途遥远，跋涉山川，朕情愿与你结为兄弟。"唐僧也是血液流动加快赶忙顿首谢恩：

"陛下,贫僧有何德何能,敢蒙天恩眷顾如此?我这一去,定要捐躯努力,直至西天;如不到西天,不得真经,即死也不敢回国,永堕沉沦地狱。"唐僧为皇帝陛下求取真经,唐僧为皇帝陛下永保江山求取真经,使得皇帝高兴万分,为唐僧大开方便之门。皇帝陛下要取这样的经,还不是为了他的统治安宁而永恒。百怨之结,不是巩固江山的好事。怨结,则愤生,愤生,则怒起,怒起,离造反就不远了。心无旁骛甘心为他皇帝陛下的体制稳定而不辞辛苦之人,不论是不是唐僧,最高领导者都会喜欢欣赏,恰好唐僧成为了这个角色。因为无论是谁都是在为这个体制服务的奴才:从精神上导引更多的人彻底归属依附这个政权体制。

唐僧被如来佛统治政权青睐。如来佛要向东土宣传他的"三藏真经"时说:"我待要送上东土,叵耐那方众生愚蠢,毁谤真言,不识我法门之旨要,怠慢了瑜迦之正宗,怎么得一个有法力的,去东土寻一个善信,寻找这样的人,他苦历千山,询经万水,到我处求取真经。"这样一个人首先要善信"我法门之旨要",不能有追求独立和自由的观念,更不能有崇尚反思追问的思想,否则就是"毁谤真言"。其次要有追求并忠贞我"三藏真经"的思想,一不怕苦,二不怕难,三不怕死的精神。深悟如来佛心思的观世音一马当先,请缨前往长安寻找这样一个善信而虔诚的忠实信徒。这样一顶帽子,正正好好戴在唐僧的脑袋上。思想上,唐僧既是如来佛政权的彻底归顺者,也是该政权意识形态忠贞的如来佛主义者;行动上,唐僧是如来佛政权坚定的执行者。无人能超越像唐僧对佛教的膜拜程度,此一点彻彻底底地满足了如来佛政权人才选拔的最高要求标准。这样的人物,极具强大的号召力,也极具广阔的宣传面。抛开唐僧前世是如来佛的二弟子这一面,唐僧凭借着这两点,也完全会成为如来佛政权体制下一名最能干、最受欢迎的人物。

唐僧被天庭统治政权所瞩目。不只如来佛政权需要虔诚的信徒,所有的体制都需要执着而坚定的追随者。天庭玉帝、如来佛主、人间皇帝三个统治体系没有区别,前两者甚至有时显得比人间统治更残酷、更无情。天堂里那么好,为什么他们一个个勇敢地来到人间?极乐世界那么好,为什么还要千方百计逃离极乐之地?人间不见得多么好,天堂也不见得多么妙。玉帝和如来佛的统治也以忠诚、不背叛为其统治的基础,遵循的精神与如来佛政权的要求不仅没有区别,有时更多地表现为互助。对待大闹天宫的孙悟空时,天庭、地狱、如来佛联手对付这个体制外的能人,直至他归顺体制才罢手。天庭与如来佛的世界,是两个极为密切的集团,不时发生着这样或那样的关系。唐僧的虔诚在符合如来佛政权的要求之时,也完全符合天庭的用人规则。玉帝为唐僧的大徒弟大开绿灯,并不仅仅是因为如来佛的面子。玉帝是在为一种甘心顺从体制,服从体制安排的行为开路,因为他手下人也不时地背叛远离他的统治,私自下凡。唐僧身上更多地体现了体制需要的一种精神,而这种精神为体制内的统治鸣锣开道。

唐僧被这么多权力集团喜欢,而背离权力集团之人就要认真瞧瞧这个宝贝到底有什么能耐,到底好在哪里。软弱无能的唐僧只有一个还算不错的无能肉身,那就逮来瞧瞧这个被整个体制宠爱的肉骨凡胎。实际上,妖魔鬼怪的背叛和逃离,是在向整个虚伪的体制挑战,纷纷要吃唐僧,是在向一种无能者被宠的体制公开宣战。吃唐僧一口肉,能长生不老,不过是企望永保那种不被体制管束的自在状态的物化。虽然每每被打压下去,最终失败又回归原有的体制,但总有这么一股力量在挣扎,总有这么一个声音在对抗。孟德斯鸠在《论法的精神》里曾说:"如果对于专横已没有别的阻力,那么制造一点障碍总是好的,这是因为既然专制主义给人类带来可怕的危害,那么这个能够制约专制主义的坏东西自身也只是有好处的。"实际上,没有了这样的挣扎和对抗,也就没有了被体制所喜欢的唐僧式人物。这种集团体制既产生了唐僧,也产生了妖魔鬼怪。

冷眼看红尘

» 9996个和尚的生命告诉我

《西游记》第八十四回里，写唐僧师徒四人到了灭法国边境，观音菩萨变成了一个老太太牵着个小孩子来见唐僧师徒，告诉他们："前方的灭法国国王因前世里结下冤仇，今世里造孽。二年前许下一个大愿，要杀死一万个和尚。这两年陆陆续续，杀了9996个无名和尚，只要等四个有名的和尚，凑成一万，好做圆满哩。"后来的电视剧《西游记》改编得非常成功，变成了国王在梦中看到和尚诽谤了他，梦醒了就发誓要杀一万个和尚。暂不提是什么原因和尚得罪了国王，只来分析观音菩萨的话。

观音知道内情，也就是知道国王杀害的那些和尚是无辜的，也就是说，那么多冤死的和尚，没有任何被杀的理由。国王杀和尚是造孽，是违反天上和人间法令的。观音菩萨了解情况，也知道谁对谁错。那么，为什么要等到再杀四个和尚，才来解决这个问题，而且还要借孙悟空的手来办理？杀一个，或十个，或二百个时，为什么不来阻止国王的残暴行为？

《西游记》里，造成唐僧四人一次又一次磨难的，基本上都是有后台，有来头的人。这是读《西游记》的人都明白的。为了弄明白，笔者又重新读了这段内容。发现这个灭法国国王完全不是有后台、有内幕的人。他和天上的任何一个神仙都没什么关系，也是个很平常的国王，也吃粮食，也喝水，也放屁。天上的任何一个神仙要收拾这个杀人国王都是小菜一碟，不是什么难事。不像铁扇公主、牛魔王之类。如果要杀要剐，要处分要警告国王，不会有人来给国王讲情，也不会包庇他的罪行。但他在杀了那么多的和尚之后，居然一点事也没有。照样坐他的"奔驰"，照样吃他的美味，照样统御他的国度。问题何在？

观音菩萨说得明白："杀了9996个无名和尚，只要等四个有名的和尚，凑成一万。"原来忍心看这么多的和尚成新鬼，是因为他们是无名小辈。观音来帮助唐僧他们四人渡过难关，平安到达西天取经，是因为他们四人是有名的和尚，他们四人是如来佛派出去的人。看来如果唐僧他们没名，没有来头，也是难逃被抹脖子的命运。有名和无名，有来头和没来头的区别，原来这么大啊！都关涉到了生命的有与无，难怪有些人为出名而削尖了脑袋瓜，想方设法地制造新闻也要出名呢！因没名，死了近一万人，救苦救难的观音菩萨都可以视而不见，都可以不慈悲了。其实，把一个杀了那么多无辜之人的魔鬼干掉，是最大的慈悲。可是神仙们有权力有义务管，却没管。

这么多和尚被杀，是在两年的时间里"陆陆续续"杀掉，而不是一天或两天杀死的。可见，观音菩萨及天上可以惩治国王的人，完全有时间来及时制止国王的暴行，有时间来严惩国王的罪

行。显然,他们在纵恶。他们在利用国王的恶行,来替他们管制天下弱小无名的臣民,以使他们在天上安逸地生活。只有他们的人,在受到国王的侵害之时,才出头管管。管了之后,并没有把国王怎样,继续过他的国王的幸福日子。唐僧还给改了个非常好的国名"钦法国",而且还祝愿国王:"管教你海晏河清千代胜,风调雨顺万方安。""9996个和尚"白白地死了,这个弱势的和尚群体为了成全有来头的唐僧四人一难,凑了个没用数罢了。无名的弱势群体们的命运,就是这样。

  神仙也不高尚,也有私心,也有小心眼,也有不可示人的秘密。别把神仙想得那么好,那么襟怀坦白,那么大公无私。关涉到了他们的利益,他们才会行动;动了他们的心头肉,他们才会下手,而且还狠着呢!无名之辈的生命算什么,干草一枝。凤仙郡的上官大人给玉皇大帝上供时,因和老婆生气推翻了供桌。玉皇大帝就许了什么鸡啄尽米山、狗舔尽面山、灯焰燎断铁锁的大愿。结果凤仙郡大旱三年,"十门九户俱啼哭,三停饿死二停人,一停还似风中烛"。上官大人得罪了玉皇大帝,那里的百姓并没得罪玉皇大帝嘛。玉皇大帝却来惩处无辜无名的小老百姓。

  谁想做无名之辈?谁想做没权力之人?天上地下,古往今来,瞧一瞧,看一看。

下篇

亦真亦假

下篇
亦真亦假

» 李自成对话黄巢

1939年12月,毛泽东在《中国革命和中国共产党》一文中,热情地赞美了中国的农民运动,他说:"在中国封建社会里,只有这种农民的阶级斗争,才是历史发展的真正动力。"我正在读毛泽东的书,……

"这不是进入过紫禁城的闯王李自成嘛!"居庸关外路边上一个人对骑马奔走的李自成这样说。

"你是谁?"

"飒飒西风满院栽,蕊寒香冷蝶难来。他年我若为青帝,报与桃花一处开。"

"黄巢前辈,幸会,幸会。"

"请下马来,我们坐下歇歇吧!"黄巢对李自成这样说。于是一个大齐政权魁首、一个大顺政权领袖于碧天之下开始他们跨世的对话。

黄巢:李自成,最初你是"银川驿卒",按照大陆的说法,你也算国家公务员,吃也不愁,穿也不愁,不时还有灰色收入,

冷眼看红尘

怎么走上造反的道路啊?

李自成:黄巢兄,你哪里知道我也是无奈啊!如果我有今日公务员之待遇,我也不愿在马上过一辈子。当时真的好苦,延安的马懋才曾在《备陈大饥疏》里这样说:"最可悯者,如安塞城西有翼城之处,每日必弃一二婴儿于其中。有号泣者,有呼其父母者,有食其粪土者。至次晨,所弃之子已无一生,而又有弃子者矣。更可异者,童稚辈及独行者,一出城外便无踪影。后见门外之人,炊人骨以为薪,煮人肉以为食,始知前之人皆为其所食。而食人之人,亦不数日后面目赤肿,内发燥热而死矣。于是死者枕藉,臭气熏天。县城外掘数坑,每坑可容数百人,用以掩其遗骸。"一点也不假啊,老百姓的日子如此,我们的日子能好到哪里?还有,我处在公务员行列不久就被裁减下岗了,为了吃饭问题啊!

所以我对后来的姚雪垠写我的七八本书,特不满意,我哪有那么高的境界,哪有那么好的行为,哪有那么好的做法。在姚雪垠老作家的眼里,我像一个共产党员一样高大、无私、勇敢、坚强,其实啊,我就是这条路不得不走下去,走下去也许还能活,不走下去就是个死。为活而"闯",为活下去而"王"。

黄巢:自成兄,有那么多人跟在你的大旗之下,令我好羡慕,当初如果我有你那么多的人,也可能就是另外一种情景了。

李自成:黄兄啊,不是他们愿意跟着我,是因为他们饿啊,我利用了他们的饿!《豫变纪略》记载了我李自成赈灾的盛况:"向之朽贯红粟,贼乃藉之,以出示开仓而赈饥民。远近饥民荷

下篇
亦真亦假

锄而往，应之者如流水，日夜不绝，一呼百万，而其势燎原不可扑。"于是才有了"均田免赋"口号，即老百姓说的"迎闯王，不纳粮"。即使没有我李自成，他们也会跟着王二麻子、张三赖子去夺粮食、去拼命。

我告诉你说，这不是农民运动，农民运动应是规模声势较大的群众性活动。这不是活动，是拿命为活着而战的孤注一掷，也没有推动历史的进步，只是让无数的人死去，百姓要么在饥饿中死去，要么在鲜血中死去。

黄巢：有道理！很有道理！

李自成：黄兄，我读的书少，你揭竿而起又为什么？你是我的前辈，不妨给我好好说说！

黄巢：有人说我是农民起义领导，哪是啊，这是对我的家庭的诋毁。我出身盐商家庭，考过多次进士，不说精通笔墨，也是才华出众，目前留下的我的三首诗歌就是证明。我一直想通过金榜题名，封妻荫子，过小康之家，无奈万恶而腐败的科举——公务员考试，还有腐败透顶的政府，让我一次次高兴而来，失意而归，多少不如我的人，因为"干爹"、银子而登台挥斥方遒。你说我能不生气吗？更可气的是不录取也就罢了，做买卖也处处被盘剥。一气之下，我就造了他老李家的反。后来的洪秀全也像我一样走了这样的道路，结局也和我差不多。

李自成：黄兄，听说你下令把人杀死，用人肉作为食物，真的还是假的？

黄巢：大丈夫敢作敢当，有这码子事，我不像某些后来人，

冷眼看红尘

本是人为造成的大饥荒、人吃人，死了几千万，却把责任推给老天爷。《旧唐书·列传第一百五十》写的"贼围陈郡三日，关东仍岁无耕稼，人俄倚墙壁间，贼俘人而食，日杀数千。贼有舂磨砦，为巨碓数百，生纳人于碎之，合骨而食，其流毒若是"。一点没错，这成了我一辈子洗不掉的罪行。

李自成：好凄惨。用人肉做军粮，保证部队的战斗力，前无古人，后无来者。这样的食人记录，既是中国之最，大概也是世界之最啊！难怪你能在后来的某个人的眼中很有名啊！

黄巢：一千几百年来，看风云变幻，今日见到同道，我不得不说，说我的队伍是历史发展的真正动力，一百个不赞成，一万个不同意。我只能是老百姓的灾难、老百姓的痛苦。唐朝政府再腐朽的统治，也没有实施我的暴行，还有，再腐败也没有把武器对准老百姓。

李自成：看来黄兄有所悔悟，在反思自己的行为。

黄巢：你没听说嘛，有人说我出家当了和尚？不是有人也说你出家当了和尚嘛。

李自成：是啊，搞不懂为什么都要说我们出家当了和尚呢？

黄巢：因为人类不希望再打打杀杀，希望能安安静静地活在人世间。

黄巢：你还要赶路，就此拜别，一路走好！

李自成：后会有期！

人家关公战秦琼，我读着读着却见到了黄巢路遇李自成。哈哈哈！

下篇
亦真亦假

» 我是崇祯吊死的那棵树

先向各位介绍一下我：我是公元1644年崇祯皇帝在景山吊死的那棵老槐树。当然，我已经被砍掉死去多年，且被燃烧成为天空的一缕青云，现在的那棵槐树是我的替身。幸运曾活在帝王园林，又居住在皇都中轴线最高点上，不用登高远眺，便可俯瞰全城。春花秋月，风云际会，尽收眼底，便想唠叨几句。

华美的景山，本不是大自然的杰作，它是明朝皇家宫阙万间的结果，现在想来明朝最后的皇帝死在景山，也是死有所地。让我来告诉你，明永乐十八年（公元1420年），皇帝朱棣在北京大兴土木，拆除旧皇城的渣土和挖新紫禁城筒子河的泥土没地放，就将这些建筑垃圾堆积在元朝的一个破旧建筑旧址上，于是形成一座人工土堆石头之山，光秃秃的山也不好看，就在上面广种奇花异草，也大量栽植松柏树木，我就是有幸被栽植在这个地点的，后来又进行了一些设计和建设，取了个好听的名字——"万岁山"。

这个土堆的山真的万岁了，皇家却没有万岁，皇帝也没有万

岁。公元1644年3月,崇祯一根裤腰带搭在我身上就结束了自己和北京的朝堂。我想告诉你们的是,我见证了一个皇帝的死亡,也见证了一个皇朝的腐败与衰落。就算崇祯再怎样励精图治,再怎样对未来寄予无限的美好梦想,明朝都无法逃脱灭亡的归宿,因为明朝这个时候已经是一个上下腐败的明朝,一个无官不贪的明朝,一个千疮百孔的明朝。别说崇祯,就是玉皇大帝来了也好不了。

秋风一去春风便来,看着铁蹄声声的清军一路杀来进了紫禁城,浩浩荡荡开始清朝的统治,我所在的万岁山也改了名为景山。叫什么名不关我的事,但清军刚来时将我改名为"罪槐",这还不罢休,还用铁链锁住我,清朝这些混账将崇祯之死的过错归罪到我的头上,却不去思考明朝灭亡的原因是因为腐败。好在到了20世纪50年代,有人给我写了一副对联:"君王有罪无人问,古槐无过受锁枷。"算是给我平了反、昭了雪。

看着他们不分青红皂白将过错乱推,看着他们对外国人软蛋一个,对自家老百姓倒是恶、凶、狠,就知道他们的政治统治也不会长到哪里。我静静地等待着,他们亦如明朝一样一年年地腐败糜烂下来,历史再一次地轮回了。他们末年的政治腐败,社会黑暗,豺狼当道,民不聊生,人民揭竿而起和明朝如同一个模子。雄壮勇武的八旗士兵,成了吸大烟、提鸟笼、玩娼妓的纨绔子弟。他们怎样地腐败堕落,怎样地不堪一击,我不想再说,你们比我知道得多。

身处皇家园林,顺风顺水一直从明朝活到清朝,又从清朝轻

下篇
亦真亦假

松地活到民国，又从民国活到见证了"中国人民站起来了"。欢欣鼓舞的我万万没想到，没几年我遭遇非正常死亡："文革"破"四旧"时，我被小将们挥刀砍伐倒地。我的朋友"明思宗殉国处"这块碑是民国十九年三月诞生的，到了1955年被截为两段当作井盖使用；我的另一个朋友"明思宗殉国三百年纪念碑"是1944年，为崇祯去世300周年而立于我这个老槐树身边的，到了1955年被拆除，到了"文革"，这位碑友也被拦腰断为两截，改做公园内石桌。庆幸的是石头的它们又被修复了，而我再也不能复生。好在这些人很有智慧。1981年移植了一棵小槐树，后来觉得不像又弄走了。现在弄来一株原来站在东城区建国门内北顺城街7号门前的有一百五十多年树龄的老槐树来代替我。也不错，就是有点假，不过看到假的事情太多了，也就不奇怪、不生气了。

从明朝一路走来，太阳还是那个太阳，月亮还是那个月亮，太阳、月亮照耀下，紫禁城被叫成了故宫，衙门被叫成了政府。我看到人来人往，不过换了名字的旧人，换了衣服的皮肉，灵魂还是那个帝王的灵魂。唉，不如归去！

冷眼看红尘

» 我想做奴才

消灭了剥削和压迫,被奴役的中国人从此"站起来了"。但奴性却并没有因此消亡殆尽,奴性的土壤依旧是不贫瘠的,奴性在土壤里所能获得的好处还是很多的。面对种种好处,我的的确确想做个奴才。

奴才没有思索的痛苦。奴才不必长脑子,主子的头就是他的脑袋瓜,主子的喜怒哀乐、所思所想就是奴才的晴雨表、指南针,职责就是怯懦谦卑、亦步亦趋地唯主子是从。不用担心因有新思想、新观念被批判、被否定、被审查而忧心痛苦,不会因有鲜明正义感坚持独立见解遭受"出头的椽子先烂"的命运。倒常担心由于没有受到主子欣赏而享受青云直上的鸿运。那些有自己行为准则、思想见解的却因没有奴性而不被重用、不被提拔,其生涯大多十分孤寂落寞,那滋味无论如何是不好受的。

奴才总能吃到"美酒佳肴"。这酒定不是第一杯,肴也定不是第一口,大多都是主子的残羹冷炙,但吃起来还是有点味道的。主子有了想法总不能自己跑着去弄,奴才就有了用武之地。

下篇
亦真亦假

主子看着这么懂事的奴才，自会分奴才一杯羹、一块肉，不是奴才能尝到什么味道？闻也闻不到的，当然厨师和服务小姐除外。都知道《红楼梦》里的袭人是个有地位的奴才，对主子那是没说的，获得的好处往往受他人忌妒。赏"两碗菜"，王夫人又赏"二两银子"的月例，即未来小老婆的身份价值。袭人回家的气派更是赶上别家奶奶出行的阵势，所以，娘家哥要赎她回家，她求哥告娘的"死也不离开贾府"。你想想，那"两碗菜"是一般的菜吗？"二两银子"是一般的银子吗？没了这些好处，袭人早夹行李卷了。当初，刚读《红楼梦》时十分羡慕能做个大观园小姐，没这个福分，认命退而求其次做奴才吧。

　　做奴才的另一个好处是身体能得到充分的锻炼。奴才必须时刻听从吩咐，主子说东，奴才就要动如脱兔一般奔向太阳升起的地方；说西，奴才就要飞向绚丽的晚霞。主子的身体大多腹大肠肥，高血压、脂肪肝经常困扰他们，奴才就没几个得的。奴才深知生命在于"运动"，由于勤勤恳恳、辛辛苦苦向上运动、向上攀登，赘肉脂肪尽皆消耗掉，个个身强体壮。说奴才身体好并不是说他们是四肢发达的傻子，他们更精明也更高明。只是用装傻装痴、奴颜自贱来隐藏其聪明。历经千锤百炼，奴才的腰是柔韧的，膝盖是有弹性的，脸是灿烂的，胃口是大开的，喉咙是清脆的。

　　做奴才不必承担责任。奴才无自我意识，遵从紧跟照办的原则，一旦出现问题，"这是上级××定的"，"我是执行者"。推得干净利落，根本不用担负重于泰山的责任，无论换了哪个主

子，奴才都不必为责任而扪心自问。没有责任的日子是轻松的、自在的。

奴才的好处真是很多，让人眼红得发紫，怎么想怎么都想去做奴才。可考虑到做奴才也有许多的难处，如唯唯诺诺毫无自我，苟苟且且谨小慎微，屈膝磕头不能补钙，要拿自己当条狗，等等等等，就怎么也下不了这个决心，况且现在是没有奴才也终将消灭奴性的社会，想想罢了。

下篇
亦真亦假

» 毛著中得到的答案

春节前我去拜望我的中学老师,问了她很多的问题。真不愧是高级教师,也真不愧是当年认真读了毛泽东书籍的历史老师,立刻就从书本里找到了准确的答案。

我:什么是新社会,什么是旧社会?

老师:1940年毛泽东对陈嘉庚描绘未来的新社会:一,没贪官污吏;二,没土豪劣绅;三,没赌博;四,没娼妓;五,没小老婆;六,没叫花子;七,没结党营私之徒;八,没萎靡不振之气;九,没人吃摩擦饭;十,没人发国难财。

我:那么与此相反,就是旧社会了。我懂了。

我:老师如何对待侵犯自己利益的人?

老师:1935年2月5日,毛泽东在中央党校的演讲记录上就这样说:人不犯我,我不犯人;人若犯我,我必犯人。

我:看来对侵犯自己利益的人,真的不能忍!

我:老师,富士康的跳楼事件您怎么看?

老师:毛泽东在1949年8月14日发表文章《丢掉幻想,准备

斗争》,这样说:"斗争,失败,再斗争,再失败,再斗争,直至胜利!"

我:曾看过一篇文章叫《民主是个好东西》,现在对民主问题人们谈论得很多,就中国的民主问题老师您了解多少?

老师:民主确实是个好东西,毛泽东在1944年6月12日见中外记者团时,就曾指出:中国是有缺点,而且是很大的缺点,这种缺点,一言以蔽之,就是缺乏民主。民主必须是各方面的,是政治上的,军事上的,经济上的,文化上的,党务上的以及国际关系上的,一切这些,都需要民主。

我:七十多年前毛泽东就说民主是个好东西了。

老师:在新中国即将诞生的前夕,人们曾就建立一个什么样的国家,这个国家的性质是什么,实行什么样的对内对外政策有着很多的看法。当时对中国共产党就出现了"独裁""不仁""极权政府"等字眼,所以毛泽东才写出了著名的1949年6月30日发表出来《论人民民主专政》。其中就有这样的话:"'你们独裁。'可爱的先生们,你们讲对了,我们正是这样。中国人民在几十年中积累起来的一切经验,都叫我们实行人民民主专政,或曰人民民主独裁,总之是一样,就是剥夺反动派的发言权,只让人民有发言权。"

我:毛泽东与斯大林的个人关系如何?

老师:毛泽东在1939年12月20日就旗帜鲜明地说:"斯大林是中国人民解放事业的忠实的朋友。中国人民对于斯大林的敬爱,对于苏联的友谊,是完全出于诚意的,任何人的挑拨离间,

下篇
亦真亦假

造谣污蔑，到底都没有用处。"

　　我：原来如此，不过，现在解密的苏联档案，可以知道斯大林就是一个杀人不眨眼的暴君啊！

　　……

冷眼看红尘

» 今天是个好日子

农民：今天是个好日子，我儿子考上名牌大学了！虽然那高昂的学费不知上哪里去筹划借来。

下岗工人：今天是个好日子，我又可以重新上岗领400多元的工资了，虽然闹了一场"离婚事件风波"。

农民工：今天是个好日子，欠我的工资领到手了！虽然差一点儿跳楼牺牲了小命。

患者：今天是个好日子，终于出院回家了，虽然住了120天，用了120多万元，账单上记有一天就给我抽动脉血15次，静脉血11次，一天抢救我60次。

贪官妻子：今天是个好日子，"金子"装满兜、"银子"装满包了！虽然他得了一点小感冒。

求官者：今天是个好日子，盼望了那么久的位子终于到手了！虽然损失了那么多的银两，拜了那么多次的门子。

上访者：今天是个好日子，终于有好结果了！虽然上访了十几年，洒了无数的血泪，受了无数的委屈。

下篇
亦真亦假

街头小贩：今天是个好日子，没被威严执法的城管打着，也没被没收去东西！虽然看到城管的时候跑飞了鞋子，扎破了脚。

偷盗人：今天是个好日子，收获太大了！虽然有那么多人在不远处看到了我抢钱包。

小经理：今天是个好日子，赚这么多了！虽然我们小作坊生产的都是假冒伪劣的破玩意儿。

推销员：今天是个好日子，有那么多的人高高兴兴买我的东西！虽然我说的都是没边没沿的假话。

煤窑民工：今天是个好日子，被救上来了，又看到蓝天、绿水、老婆、孩子了！虽然臂断腿折可比那些死在井里的兄弟们强得多的多。

教师：今天是个好日子，那么难的事学生的爸爸一下就给办成了！虽然以前不喜欢这个学习不好的小公子。

出租车司机：今天是个好日子，没收到一张处罚小票，也没被扣分！虽然和往常一样提着小心、吊着小胆。

酒店老板：今天是个好日子，又有好多人来咱镇里检查工作了！虽然现在打的是白条。

乞丐：今天是个好日子，有个人往我的破茶缸子里投了一张10元的大票，虽然被戴胳膊箍和戴大盖帽的人骂了好几次，说我影响了他们的市容。

» 夫妻闲话录

妻子：忙了一天，回到家又要上家务这个班了。你到家就知道在沙发上悠闲自在地看报纸、看电视，什么活儿也不帮我干，也不知都看了什么，长了什么见识。

丈夫：我给你背上几条，也算你读报了。

抢劫犯当上了武警战士；

假干部进了组织部；

处女变成了卖淫女；

三陪女当上了宣传部部长；

市长雇人杀老婆；

市长砍死"二奶"然后碎尸；

女播音员死在副市长床上；

打疫苗打死了健康孩子；

男子尿检结果竟为"早早孕"；

为应付环保检查，裸露的小山刷上绿色油漆；

村支书挪4000万赴澳门豪赌，半小时输光15万筹码。

下篇
亦真亦假

妻子：这些地球人都知道，我还能不知道？我也每天读报纸呢！你今天都买了些什么吃的东西？

丈夫：今天可是买了好多东西，一一给你道来。

两把加了工业增白剂挂面；

"福尔马林"浸泡的水发品一袋；

硫黄漂白的银耳半斤；

能喝出大头婴儿的奶粉一袋；

三袋在臭水沟里或用"工业盐"腌制而成的榨菜；

一只有"苏丹红"的炸毒鸡；

五根"敌敌畏"泡过的、连苍蝇都不敢叮的金华火腿；

一斤先灌敌敌畏、再打青霉素或激素的"白白胖胖"的豆芽；

买了四个吃了"加丽素红"的鸭子产下的红心鸭蛋；

还有二斤用激素催熟的草莓、猕猴桃。

妻子：你还真买了不少东西！

丈夫：老婆，你今天都买了什么呢？

妻子：回收再加工成的"黑心"月饼四斤；

用"毛发水"勾兑的酱油二斤；

添加化工原料"非食用冰醋酸"的陈醋一瓶；

五块用猪粪浸泡的"臭豆腐"；

墨汁染过的黑木耳半斤；

糖精水勾兑的葡萄酒两瓶；

两袋双氧水浸泡后的死猪肉、母猪肉做的肉松；

冷眼看红尘

雕白块、色素做成的红薯粉条一斤；
两袋细菌超过国家标准100倍的果脯蜜饯；
含有强致癌物"碳酸氢铵"的粉条半斤；
一袋石蜡做成的"火锅底料"；
有甲胺磷剧毒农药的"无公害"蔬菜三把。
丈夫：你也买了这么多东西啊！
妻子：你和同学今天中午都吃了些什么东西？
丈夫："地沟油"炒的青菜三盘；
一盘避孕药催大的香辣甜鳝鱼丝；
一盘牛肉毒粉丝；
一盘"孔雀石绿"的清蒸鱼；
喝了六瓶含甲醛的啤酒；
吃了一碗掺入白腊油的大米饭；
最后我们还喝了一壶重金属超标100倍的碧螺春茶。
妻子：也没吃什么好的东西啊！
丈夫：同学说了好多事，我舍不得再点贵的吃。
妻子：都说了什么事？
丈夫：重庆几百学生不堪教育高收费放弃高考；
眨着眼睛的大活人被送进了火葬场；
丈夫无钱筹措高额医疗费勒死偏瘫妻子；
为弟弟筹措学费，女教师"平时是天使、周末是魔鬼"；
某副市长说自己治一次感冒花费4000元；
花了550万天价医药费，也没医好病；

下篇
亦真亦假

百万富翁救治儿子12年沦为乞丐。

妻子：是该捂紧腰包节省花钱了。咱们吃了这么多东西，保不定哪天就要上医院，儿子再过8年就要上高中了，接着上大学呢。

丈夫：是啊！一点没错。

冷眼看红尘

» 孩子：你还要来这个世界？

因为一生都不会有自己的孩子，所以特别喜欢孩子。白天见了喜欢的小孩子，晚上就会梦见不同的孩子欢欢喜喜地跑进我的梦里和我玩。那天早上，一个可爱的小婴儿站到了我的眼前：

孩子：我想来到人间，选择你做我的妈妈，可以吗？你那么喜欢孩子，肯定欢迎我，肯定喜欢我，对吗？

我说：孩子，谢谢你要做我的孩子，但我不得不把我这里的情况告诉你，免得你后悔来到我这里。

先从你在我的肚子里说起。我是个下岗女工，要给人打工才能维持生活，如果你来到我这里，起码要四五个月我不能出去打工，也没有企业让一个大肚子的女人继续上班。吃饭都成了问题，更别提给肚子里的你增加什么营养了。与有钱或有权人家的孩子比照，在胎里你就已经和人家差一截了。还有在肚子里的九个月时间，要到医院去做无数次的检查，不是我嫌麻烦，而是那庞大的费用让我揪心。

其次出生之时，你要是能顺利地来到人间，医院收取的费用

下篇
亦真亦假

要少一点,如果你是一个比较麻烦的孩子,要剖腹才能来到人间,那费用更是让我们无力承受的。从出生到幼儿园,我不能上班,要是上班请保姆的钱和我的工资没有多大的区别。家庭的生活肯定是每况愈下,这对你的成长是相当不利的。不说这段,从幼儿园到上小学再上中学,学校的费用,即使不包括乱收费,我们的经济条件也不能让你的生活状况维持在中等水平之上。我们拼命为你创造好的条件,也无法赶上别人,那样会让你在同学面前没面子,极可能让你自卑,从而损害到你的自尊心。我们当然希望能给你拿出大把的钱让你上好的学校,给你买别人羡慕的好东西,但我们再拼命也做不到,内疚会时刻噬咬我们的心。

这还是在你健康得像个小毛驴,没有任何疾病,三年、两年不上医院输三瓶、五瓶滴液的情况下。假使你一年感冒个三回、五回,再莫名其妙地发两回烧,医疗费就会让我们愁死。

再说你上大学,现在几乎每个孩子都有上大学的机会,固然很好,可每年上万元的学费让我们不知从哪里淘弄来,我们每月的收入不到千元,不吃不喝才够你上大学的费用。隔壁和我们情况差不多的小淳爸妈最犯愁的就是小淳的大学学费。不让孩子上大学,父母肯定不忍心,我们也一样。

不提上大学的费用,因为有可能你自己在学校贷款或给人家打工,或在学校捡垃圾挣够了学费和生活费。你毕业了找工作又是个闹心的事,每年递增的毕业生,每年递增的就业大军,找工作那是太难了。只凭借你自己的实力,你要进入好点的单位比登

天还难。北大毕业后有卖糖葫芦的、也有卖肉的。我们这里一个小小副区长能把他那职高毕业的侄子安排到税务部门上班，能把他妻子那初中刚毕业的侄女安排到学校当老师。你面对的就业问题，比你的大学学费更要困难，学费我们还可以吃咸菜、喝糊糊来解决，但你生在我家，我们只能干着急却帮不上你一点儿忙。

找到了工作，你也该恋爱结婚了。结婚必须要房子，你的工资基本上买不起房子，连首期付款都不够，我们供你上大学就已经倾家荡产了，已经没有任何能力帮你了。那时的我也到了小病挺着，大病等死的时候了。你要租房子，你要攒钱买房子，你要为你的孩子攒钱，你还要为无法预测的疾病攒钱。我不用你来操心我的问题，因为我没有钱来继续治病时，可以作出还没有咽气，就到火葬场死掉的决定。

孩子，你还愿意来我这里吗？你要是有足够的勇气来到我生活的这个世界，那就来吧，孩子。我愿意你做我们的心肝儿宝贝。

孩子想想对我说：算了。要么我不来这个世界，要么我去选择这里有钱有权的人家，要么我去选择蓝眼睛的外国人家吧！

日有所思，夜有所梦，一点都不假。

下篇
亦真亦假

» 听爸爸讲那过去的事情

　　幸运的是没有生活在旧社会，而是成长在鲜艳的红旗下。我老爹却是生在旧社会、长在旧社会。所以常坐在迎风飘扬的五星红旗下听爸爸"讲那过去的事情"。才知道黑暗的旧社会是多么地黑暗，多么暗淡无光。百姓的命运是多么凄惨，光芒四射的太阳照不到他们瘦弱贫困的身上，旧社会怎么能不被推翻？

　　黑暗的旧社会，穷困卑微的劳动人民没有讨公平的地方。那个时候是没有"法律面前人人平等"的条款，唯有"自古衙门向南开，有理没钱别进来"。穷困人受了欺负、挨了打、吃了亏，要么忍气吞声，自认倒霉；要么被气断肝肠以死做结。如果是个"犟驴"非要讨个说法，不准备十年二十年告状的功夫是不行的，弄得家破人亡能否讨个说法还不一定呢。比如挡了"伪满警察"的路，"伪满警察"顺腰拿出匣子枪"啪啪"两枪就打死你，没有地位的死者家人要告状的路固定是"路漫漫其修远兮"而"上下求索"不断。幸运的话被"包青天"、"海青天"遇上还有那么一点希望，但旧社会毕竟"青天"很少，难得碰上，就

像太阳与月亮转到一条线上那么不容易。

黑暗的旧社会,穷困的劳动人永远居于被奴役的地位。出身寒门的他们是坐不到县衙的官椅上的,旧社会严守一套"龙生龙,凤生凤,老鼠儿子打地洞"的世袭制,像西晋左思所言"世胄蹑高位,英俊沉下僚"。中了状元的朱买臣是在古装戏里,形成官官相亲相助的网络。即使老百姓节衣缩食勒紧腰带,供孩子读几天私塾,没有门路、没有银子也注定无法改变命运。县太爷的公子则不同了,至少能做个八品公务员,甚或八九岁领俸禄都不少见,虽然书没有穷孩子读得多、读得明白。"涧底松"与"山上苗"之区别,"地势使之然"也。

黑暗的旧社会,吃穷人不眨眼。旧社会真真是"大鱼吃小鱼,小鱼吃虾米,虾米吃紫泥"。层层相卡而且有理有据,弄得被三座大山压着的劳动"虾米"们的儿女无路可走。男子被逼拿起刀枪为盗,女子被迫迈进春楼为娼。就是在死亡线上挣扎的病人、天真可爱的孩子也不放过。"糖块"、"饼干"里放进大烟水,让孩子吃上瘾,假针、假药给病人用上,管你死活,吃人绝不手软。活人罢了,死人也难以逃脱。死人身上的棉衣服扒下来,弄巴弄巴、整理整理,做成衣服卖给活人穿,管你质量还是忌讳。

爸爸讲了很多很多,看着爸爸80余岁回忆过去年轻时经历而产生的悲愤,不觉大骂万恶的旧社会,由衷赞美无数劳动人民在那么恶劣的社会环境中仍然保持着坚韧、善良、正直、不屈、顽强的伟大品格。人们万岁,新社会万岁。

下篇
亦真亦假

» 禽言兽语

1. 母鸡对公鸡说："近两年来我发现你报晓的声音不洪亮了，啥原因造成的？"公鸡回答说："因为，看着一个个报晓洪亮的哥们儿，都被求安静求安宁的主人围剿了。"

2. 一个老老鼠对身边要出门逛街的小老鼠说："逛街时注意安全，到处都是大大小小的猫。"要逛街的小老鼠毫无恐惧之心地说："猫们现在顾不上我们了，都在腐败和如何对付反腐败呢！"

3. 老虎遇见了狐狸，愤怒地说："浑蛋，为什么要假借我的威风？"狐狸十分坦然地说："狡猾的我都要借大王您的威风，谁还敢不怕您？大王，这是我为了让您的威名远扬八方，而苦心设计的广告。"

4. 茂密的森林中，丙猴子对甲猴子说："也没见你干什么，为什么你家里有这么多的桃子、苹果、鸭梨？我这么辛苦地奔波忙碌，为什么还是这么贫困？就因为你家里有那么多的帽子可以卖吗？就因为猕猴们喜爱戴帽子吗？"甲猴子不回答却对乙

猴子说:"当心仇富心理问题!"

5. 狗对苍蝇说:"蝇营狗苟?人类怎么把我这么忠诚的战士和你这个追腥逐臭的人联系在一起了呢?"苍蝇说:"你告诉我,摇尾乞怜说的是谁?你这个狗东西,我为自由而活,绝不被人豢养得汪汪叫。"

6. 鸭子看着兔子很关心地问:"兔哥,人家都是两片嘴,您为什么是三瓣的?"兔子沉思了片刻说:"鸭兄,因为前世得罪了玉皇大帝。说出了他的缺点泄露了他的隐私,派人把我打成这样。我的子孙也就遗传了。"

7. 猫骄傲地对猪说:"人类骂同类笨时爱说成'蠢猪',猪哥你知道吗?"猪说:"我们看够了周遭世间的不择手段和血腥残杀,为自己的利益陷害、坑害同类之事。我们起码的猪性告诉我们不害自己的同类和他类。我们蠢吗?"

8. 喜鹊看着正在耕地的老黄牛说:"牛大哥,你们祖祖辈辈都这样任劳任怨地在地里干活,默默地不求回报,难道你们就那么喜欢老黄牛精神?"老黄牛无奈地说:"要活命就得干,我们又没别的本事。我们要是长了一张比你们还好的嘴,也就不在地里干活,给你们当领导了。"

9. 青蛙乞求蛇别吃它,放它一条生路。蛇回答青蛙:"如果我们有爪子爬上能呼风唤雨的龙的地位,就不吃小小的你了。十分同情你的遭遇,谁让你不幸生在了水塘里。"

10. 马对骡子说:"孽障,我怎么生下你这么个畸形儿?"骡子流着眼泪回答:"您不知道您被强奸了?问题不在我这里,

下篇
亦真亦假

我是个无辜者！我是个痛苦者啊！您还是去找想出这个馊主意的人算账吧，他们不只是对您和我犯了罪啊！"

11. 小麻雀对着咩咩的羊说："羊伯伯，为什么总剪你身上的毛？"羊回答："不剪我身上的毛，剪谁身上的毛？哼！敢剪驴身上、马身上、狗身上、虎身上的毛吗？"

12. 龙愤怒地质问跃进龙门里的秘书鲤鱼："子鼠丑牛寅虎卯兔辰龙巳蛇，为什么把我排在第五位？老鼠居然排在第一位，小小的兔子居然还站在我前面。你说，谁安排的？"鲤鱼说："回龙王，这次没按照能耐排，是按关系排。老鼠在蟠桃会上给王母娘娘送了绝世的礼物；黄牛的爸爸牛魔王刚刚和玉帝拜了哥们儿；老虎嘛，您知道是兽中之王，还有他和狮子都属猫科，狮子是太乙救苦天尊的手下；小兔子借了嫦娥的力，嫦娥已成了玉帝的'小蜜'了。这回明白为什么把天蓬元帅贬成猪八戒那模样了吧。"

» 动物来生投胎问题大会记录

会议名称：地府第99999届动物代表会议

会议时间：冥年冥月冥日

会议地点：幽冥地府森罗殿

出席人员：狮子、狼、狐狸、羊、牛、猫、狗、兔子、鹅、虎、藏羚羊等动物。

缺席人员：鸭子（去烤鸭店了）、斑马（因病）、熊猫（出国了）

到会领导：阎罗王、楚江王、宋帝王、平等王、秦广王、泰山王、都市王、卞城王、轮转王、五官王

会议主持：黑无常、白无常两鬼

会议记录：孔雀公主

会议议题：动物来生投胎问题，以及动物们如何避免既得利益受损

众动物发言主要内容：

黑无常小鬼：新年伊始，万象更新，我们在幽冥地府隆重地

下篇
亦真亦假

举行第99999届地府动物代表大会。请到会的所有动物起立,奏冥歌。好,请坐。动物问题是个大问题,关涉动物的生存和发展。我们知道每年都要开这样的大会,今年也不例外,但今年讨论的问题是关于动物来生投胎问题。这个问题是经过地府主要领导们商量后作为本届大会的议题的。本着民主与集中的方针,到会的各位动物们要畅所欲言,阐明自己的想法和观点,以便地府领导制定出正确、英明的方针、政策。下面请各位开始发言。

狐狸:投胎的问题是个重要的问题,关系到我们地府的发展,关系到我们事业的成败,更关系到我们所处阴间的未来,是该好好地研究研究,好好地思考思考。今天开这个大会,就充分地说明了咱们地府领导的英明、正确和远见。这个会开得非常及时,非常得我们动物之心。要让我们狐狸来生自己选择的话,我们要托生为人,因为人比我们更狡猾。

狗:开这样的会,本狗很赞成。我的观点是来生成为什么并不重要,重要的是今生我们当什么样的狗。做宠物之狗,还是做看家护院之狗,还是做摇尾乞怜之走狗的问题。当然,如果一定让我们来生都不成为狗,那我可以代表狗兄狗弟们说一句话,我们要成为人,因为有的人比我们更像狗。如果不行,我们就成为狼,这样利益受损要小一些。

老虎:狐狸说了开这个会的意义,我就不说了。来生嘛,我们老虎还是要做虎,都想成为老虎那成吗?这个世界不就乱了套?科学讲生态要平衡,不能想成为什么就成为什么。阳间允许一部分人先富起来,咱们阴间就得允许一部分动物强大起来。现

在有些动物看到我们老虎的既得利益大了一点，就纷纷到阎王那里告状，要求变更动物等级体制，还要什么平等、民主。那样的话，就没了稳定的局面，稳定是最重要的问题。这是万万不行的道理，必须引起高度的重视。

羊：说到托生的问题，来生我和我的同伴们一致同意成为人，那样可以使我们免于被屠戮的命运，虽然也有被陷害、被谋杀的可能。

狼：狗先生要在来生成为我们，谢谢狗看得起我们狼类。可是我们倒不想再成为狼，也更想成为人类。因为，人类具备了我们所有动物的特性，甚至比我们更厉害。

鸡：今天已不是狐狸，而是禽流感在肆虐我们的生命。我们和狐狸已没有了阶级矛盾，但我们没有忘记昔日的生活。所以我们希望我们所有的鸡们来生都成为狐狸，狐狸来生变成我们鸡类。这个小建议，请认真考虑并希望采纳。

猫：我们猫类今生就这么地了，来生誓不做猫科的领班，要做猫科动物也要投胎到老虎或狮子的肚子里。他们舍我其谁的地位都让我羡慕得眼蓝，我们猫类的最大能耐不过就是抓个耗子，还有被耗子药药死的危险。所以，代表所有的猫类强烈要求阎王爷把我们猫类来生都托生成老虎或狮子。让我们的既得利益能变多一些。

牛：从经济学的角度说，我们的工作效率不高，可我们的精神可以给动物们带来一种巨大的影响。所以，我们牛们在探索生命存在的意义上，我们是有价值的，比照鸡、鸭和藏羚羊等动物

下篇
亦真亦假

的命运,在不能成为人的前提下,我们都愿意成为豺狼或虎豹。

兔子:兔微言轻,我就不说了(说了也没用)。

骆驼:我只有一句话,不要让我们再在沙漠里生活了,压在我们身上的重担太多太沉了,我们太苦了。

……

黑无常小鬼:到会的代表都发言了,说出了自己的心声和真实想法。下面,我们请阎罗王来给我们讲几句话。(鼓掌)

阎罗王:在座的各位讲得都非常好,说出了自己的想法,我们幽冥地府会根据大家的想法和建议,进行认真的考虑,并拿出有效的办法实现大家的愿望……相信在座的各位回去后会努力工作,给幽冥地府做出更大的贡献。(鼓掌)

白无常小鬼:今天我们这个动物代表大会圆满地结束了,这次大会是团结的大会,胜利的大会,定会给未来带来重大深远的影响。

(会议在雄壮的冥歌声中结束)散会。

» 幽默动物

一、蜜蜂妈妈：你为什么一定要嫁蜘蛛？它没有权，也没有多少钱。

女儿：妈妈您不知道，它有很强大的关系网，这可是能充分利用的资源。

二、青蛙：癞蛤蟆兄，真羡慕你的勇气和胆识，你咋就能想到要吃天鹅肉呢？

癞蛤蟆：青蛙小弟，你不知道我升官了？我有权了？

三、鹦鹉：猪兄，你鼻子里插了大葱，不是象，只是装象。

黑猪：不装象，能提升吗？傻子。

四、蜈蚣：蚊子，你在咬人之前，为什么总是嗡嗡地叫呢？

蚊子：我那是在唱今天是个好日子，喝到了血我就不歌唱了。

五、老虎：小猫，你快离开银行，你进我们这里影响我们银行的形象。

小猫：大王，我不知道你们只为狮子服务啊！

下篇
亦真亦假

六、狮子：小猴子，你穿上了衣服到处演出，也是要你这个猴子。

小猴子：狮王殿下，你没听人家说："经济学家就像演员，就看出场的次数多少，多了自然就成了经济学家了。"我们也看出场的次数，次数多了就成了真正的演员了。

七、蚂蚁：乌鸦大哥，你是经济学家，您该为我们的经济状况说说话。

乌鸦：我一定要替你们这些蚂蚁说话吗？我也不知道蚂蚁是谁。

八、家雀：喜鹊大哥，你们把房子建筑得那么大，那么豪华，我们都买不起也住不起啊！

喜鹊：我们只为富鸟盖房子，你们再叫，我们就不盖房子了。

九、知了：小老鼠，你们不要总在地下搞活动，那是要目光短浅的。

老鼠：你的意思是说我们鼠目寸光？请来听听我们鼠类大会上的报告，你就知道我们是多么高瞻远瞩了。

十、黔驴：黄牛，真羡慕你，不过，对你弹琴，听懂了吗？

黄牛：听懂了，但我装听不懂，因为那是"三把手"弹的曲子，我要是说听懂了，"一把手"不高兴。

十一、毒蛇：蝎子老弟，你我不仅要搞好团结，还要经常联系，互通经验，这样才能解决好问题。

蝎子：是啊，咱们俩的心肠联合起来，什么问题解决不好？

十二、老虎：猿猴，你怎么不悲啼了？你有权利为自己的地位鸣不平，你有发表言论的自由，你有表达悲伤的权利。

猿猴：大王，你说得对。可我知道我们的叫声再悲伤，再凄惨，也没几个人肯听，没几个人肯为我们的处境而悲伤了。

十三、豹子：黑熊弟，你的心和我的胆子真的那么大吗？

黑熊：没有，肯定没有。你的胆子和我的心啊，都没有贪官的胆子大。

十四、甲虫：老龟，您都有那么大的官帽了，还要当紫竹院的院士干啥？

老龟：你哪里晓得现在的行情，如今盛行赢者通吃。

下篇
亦真亦假

» 妈妈，公仆是什么

七岁的儿子是个爱提问题的孩子，看电视总要问几个为什么。那天选几个有线的电视频道，都是某个人的讲话，而我是个爱看点新闻的人，就认真看起来。因为我们那是个小地方，频道不多，儿子也就跟着瞧两眼。报告大体讲的是树立公务员的道德意识，公务员的性质就是公仆，要时时为人民服务之类的话。整个讲话公仆出现的字眼比较多。没有动画片看，孩子也就不耐烦不爱看地问我："妈妈，公仆是什么？"

我便认真地告诉他："公仆是公众的服务人员，就是为大家服务的人。"

"妈妈，那我知道什么是公仆了，超市卖玩具的阿姨是公仆，咱们去旅游时，火车上给咱们打水扫地的叔叔阿姨都是公仆了。"

"不是，儿子，那是商店的阿姨在经商赚钱，火车上的阿姨叔叔是乘务员，不是公仆。"

"我知道了，那就是后巷扫马路的王阿姨了，她不是天

159

天上街给大家服务吗?我常看见她把我扔的垃圾捡起扔进垃圾箱。"

"那也不是,孩子,她是个环卫工人。"

"那到底啥样人是公仆呢,妈妈?"

"噢,就是明明的爸爸、亮亮的爸爸那样的人是公仆,他们在为全体人们服务呢。"

"妈妈,你咋不早说呢,我知道了,我知道了。明明的爸爸是个大官,明明和我说,他爸爸可厉害了。他家总有人去送好东西,常有人给他好多好多的压岁钱。他那天告诉我他家的东西用也用不完,那些叔叔阿姨总是死乞白赖把钱放到桌子上就走了。还总说'小意思,小意思'。有一天,他妈妈喝饮料,一揭盖里边都是钱,后来,揭一箱都是钱呢。妈妈,能得到人家的好东西就是公仆吗?

"亮亮说他爸爸也是个大官,亮亮从来不自己去上学,他家司机叔叔和保姆阿姨总陪着一起去。妈妈,那是好大好漂亮的车啊。和咱们坐的出租车不一样呢。亮亮也说,常有叔叔阿姨到他家送成沓的钱,亮亮说他过生日那天,一位叔叔一下子就给了他10万块钱,妈妈,10万块钱是多少?我的小书包能装下吗?妈妈,那天放学,亮亮让我和他一起去他家玩,他家好大好大,亮亮有好多好多的大玩具。他住的房子,妈妈,比咱家大好多好多呢。妈妈,亮亮的妈妈好漂亮,他爸爸却像个老爷爷。妈妈,亮亮的鞋好几千块钱呢,妈妈,你说明明和亮亮的爸爸为啥那样有钱呢?妈妈,亮亮和明明家那么有钱,就是因为他们的爸爸是公

下篇
亦真亦假

仆吗？妈妈，爸爸为什么不做这样的公仆？做这样的公仆该多好啊！妈妈，将来我长大了，也一定要做这样的公仆。妈妈，你说好吗？"

  面对儿子的问话，我真不知怎样回答。或许我的回答会让孩子失望，但我对"公仆"的理解实在是不多。只好翻词典，以期好好解释给孩子，可我怎么也解释不通，幼小的孩子啊，我不知怎样改变他小脑袋瓜中的这个想法。孩子啊，孩子啊。

» 醉官之言

　　某日,张大款一行八人又到我们酒楼把酒畅谈。恰是马某捧酒送菜,偶听吴大官人醉后高言,今日实录,与君共赏。

　　孔子曰"学而优则仕"诸位都知道仕乃做官也。做官怎样?好。初出茅屋的都像本官当年一样削尖脑袋瓜往里钻,盼着跳着爬着要做官做大官。可哪里晓得做官的苦衷和难处,哪里晓得做官的艰辛与痛苦。火炭不放到谁身上谁不知道烫的滋味。只瞧着红红热热的火炭。唱:今日痛饮庆功酒,尽吐腹言说一宿。老张,咱再来一瓶。

　　做官苦啊,很苦,明代袁宏道就说"人生做吏苦,而做令尤苦,若做吴令则苦万万倍,直牛马不若矣。何也? 上官如云,苦哉,苦哉"。可见一斑,诸位哥们儿,做官就有上级下级,这对上就苦,永远要前衣襟长于后衣襟。每时每刻严守"三勤"作风,一要手勤。勤抓快抓票子,积累财产尽快富起来,否则,就要苦恼满腹。二要腿勤,按动腿脚的那根神经多拿快跑向前进,你敢不跑?降级使用等着你,那时候就不是苦而是哭了。三要嘴

下篇
亦真亦假

勤，勤汇报勤宣传，既要有能将鸡毛蒜皮说成令箭钢板的嘴功，又要有能将猫宣传成老虎的钢牙，苦不苦？还要常年如一日地面带笑容，不管心中是黄连还是辣椒，那笑都要像春天里的迎春花一样美，官途迷雾四漫你敢不笑？要不哪里能苦到今天？

这把交椅。对下也苦。管不好下边就告你，给农民打白条了，克扣百姓钱财了，让人闹心。其实咱也是娘养的，心也是肉长的，哪里甘愿这样，官大一品压死人。苦，苦得要命，喝，老刘。

做官累啊，苦不苦比比长征二万五。咱这苦罢了，累可是真的。都说当官没有铁子是"瘪子"，怎能不赶这个时髦？老妻的爹帮咱当了官，咱不能没良心，家里红旗与外面彩旗都得迎风飘扬。不累，假。还有，做一回官，自家人升天了，三叔四姨也不能老待在地上，办吧。结果官网里的公子放到我这里干事，精减人员时就心烦、心累。减有背景的，咱的官位受冲击、受动摇；减有才干的咱又于心不忍。还有形势日新月异，要不断地观测官场风云气象，才能抓住机遇被提拔重用，不断地总结分析关系上的得失，吸取经验教训，不断地扩大上层交际网络；不断地学习溜须拍马的吹捧技巧；不断地坚定对底层的麻木、冷漠、无情的意志；不断地提高浮夸吹牛、不干实事的本领。放诸位哥们儿身上试试，本官也不想这个样，气候影响。咱也知道农民辛苦，工人下岗难活，身不由己，喝，老王。

做官忙啊，甲会开完开乙会，乙会开完开丙会。吃完生猛吃飞禽，跳完舞洗桑拿。国内赌完国外赌。还要不时抽空风景各处

走一走。忙不忙,都没有自我时间、自我空间。诸位是不能理解的,这种忙已是本大人的负担了。可是推不掉。不去,人家就以为瞧不起他们、不给面子、拿大架子。就像今天,本不想来吃我升官的宴。想让我多给你们批几个条子的意思,咱懂。再来一瓶,老陈,喝,喝。

做官怕呀。你们说咱周围不贪的官有几个?不贪做得成官吗?怕败露,怕丢官。做梦都怕啊。一听成克杰兄被枪毙,胡长青被判刑,心里就慌。一听纪检来查就吃不下饭、睡不好觉,睡着就做噩梦。日子难过啊。你们不当官你们是不知道那滋味的。酒壮英雄胆,再来一瓶,小姐,喝喝。

当……官……好啊!当……官……怕啊!……呼,呼。吴大官人睡到桌子上了。

下篇
亦真亦假

» 大贪在小贪会上的报告

各位小贪兄弟们：

　　本贪官做官几年，报告作了很多，经验谈了不少。但谈有关做官方面问题的尚属第一次，看着你们虎虎贪气，深感是长江后浪推前浪，面对你们的满腔热情，本官就将做贪官几年的一点体会与在座的各位谈谈，与诸位共勉。

　　小贪们，要想在仕途上飞黄腾达，第一要殚思竭虑去捞取荣誉。它是官道上的垫脚石，没有它别想有所发展。先进啊、模范啊等，什么荣誉抢手就抢什么，不要怕多。河南省灵宝市地税局原副局长卫某某连续被评为先进工作者，优秀党员多次，握有荣誉证书十几个。是有名的老先进，一尘不染，两袖清风的"铁面税官"，在这个台阶之上仅1997年一年贪款300万。成克杰家中这类的荣誉称号也很多，查查政界、商界的贪官，他们手中每人都有几个。各位，不用管荣誉的大小还是符不符实，有，尽管拿来，不必客气。本贪官就有大大小小奖章、证书几十个，没有它们哪里能爬得这么高、贪得这么多。你们千万不可小瞧这些荣誉

冷眼看红尘

啊,"好风凭借力"啊。一定要把捞取荣誉问题纳入议事日程,万万不可低估其潜在价值。

第二,舍得进行权力投资,即学会送礼拍马等。仅有荣誉是不行的,不会权力投资是万万不行的。在荣誉越多官越大,官越大贪钱越容易的理念下,要勇于舍得兜里的票子,舍得舍得,只有舍才能得。"将欲取之,必先与之。"俗语说"舍不得孩子套不住狼",手法上要高要雅,喜欢古董送古董,喜欢美女送美女,总之,要投其所好看眼色行事。大伯子背弟媳妇过河的事,兄弟们千万千万别干(笑声)。本贪官出道至今摸索概括出十二字,即"舍得血本,摸准心思,厚颜无耻"。如果学不会这十二字之精神实质,劝诸位小贪兄弟们就别企望走大贪之路了。

第三,大力开发权力,即学会受贿。只送不进就是倾家荡产也不够用,所以一定要有进的措施办法。做到"收支"两条线,保证"收"大于"支"。办法可根据实际情况具体问题具体分析,但一定要出师有名,该明收的明收,该暗收的暗收。在这个问题上一点都不能马虎。江西省原副省长胡长清在任期间每月平均受贿33万元,受贿水平不一般。本贪官常向他学习受贿技巧,但与他相比也乃小巫见大巫。却也是财源滚滚、花天酒地、呼风唤雨的,这就在于对权力的深入积极开发,放开手脚大胆利用权力。小贪兄弟们都是心有灵犀一点就通之人,相信你们会有千条妙计运筹于帷幄之中,这方面不多讲了。

第四,管理好夫人、情妇、相好们等后院子人员。她们是你最亲近的人也是你身边最危险的人,所以严加防范、严加注

166

下篇
亦真亦假

意。对她们绝不能掉以轻心。万万不可让夫人登记谁谁送了什么什么，更不可让情妇写日记谈感慨，千里长堤毁于蚁穴啊！必要时，可以进行MBA式的管理模式。严格考核情人的立场、观点、世界观，不时地对她们进行科学观的教育，因为美人大多是闻着钞票和权力味来的。否则就是身边的女甫志高（笑声），甫笑，回头看看，贪官身边的相好有几个立场坚定守口如瓶的？常常是第一个站出来揭发抖搂贪官的，本贪官是深有切身体会的。当然"人非草木，孰能无情"。找几个情人、"二奶"是很快活的，只是要提高警惕保护自己，保护好自己才能保护好我们的事业的方向。你们知道"星星之火可以燎原"（掌声）吧。

时间关系，今天本贪官就概括讲这四点，只起抛砖引玉的作用。相信你们有活学活用的本领，有发挥能力的水平，你们的未来是不可限量的，因为，为贪官开启的通向牢狱的大门是时刻敞开着的。

冷眼看红尘

》"二奶"与贪官的协议书

全国各地被查处的贪官污吏中，95%都有"情妇"的情况下，为了使彼此双方暴露的风险系数降低，为了彼此双方的既得利益更大化，为了彼此共同的幸福和快乐，为彼此长远未来着想，经双方充分研究、分析、协商，确定以下协议：

甲方：小芳（年轻貌美）

乙方：梅任兴（有权有势）

一、甲方不得要求做"阳光二奶"，而要默默地成为"地下二奶"。甲方要深明大义时刻想到乙方的家庭幸福，不得破坏乙方的远大前程。

二、甲方要向乙方提供高质量的娱乐服务内容，服务期限到人老珠黄为止。

三、甲方要保证对乙方的绝对忠诚，不经乙方同意，甲方不得擅自解除协议，或随他人逃跑。

四、甲方不得向乙方提出转正为妻子之要求，乙方妻子如有意外变故，乙方可考虑将甲方转正为妻子的问题。

下篇
亦真亦假

五、出现事故之时，甲方即使不能像项羽的虞姬为项羽自杀那样为乙方那样做，甲方也得像《红岩》中的江姐一样，咬紧牙关不吐一个字。

六、甲方不得怂恿乙方雇人杀妻，甲方要从大局着眼，从大局出发。

七、甲方要严格坚持平等互利、和平共处等五项基本原则。

八、甲方在"双方协议"期间，要从事体面的职业，具有良好的职业操守和积极参加公益活动，成为高素质的人。

九、乙方至少提供甲方别墅一栋、奔驰一辆、七位数以上之金额钞票。

十、乙方要无条件地满足甲方经商、当官、出国旅游等要求。

十一、乙方不得对甲方实行暴力谋杀，更不得雇用人员杀甲方。

十二、乙方事情败露后，乙方不得像张二江那样说什么"都是女人惹的祸"。

十三、乙方有权利对甲方动的都是真感情，也有权利对甲方动的都不是真感情。

十四、出现事故后，乙方要保护甲方的财产权，并保证得到应有的保护。

十五、为安全起见，甲乙双方都不得做记日记、录像、录音等事情。

十六、未尽事宜，另行协商议定。

甲方:小芳(盖章)
乙方:梅任兴(盖章)

猫年狗月驴日

下篇
亦真亦假

» 狱中的贪官怎样生活

贪官级别越来越高,数额越来越大,层面也越来越宽了。再提谁谁贪了多少多少,真不是什么新闻了,就像羽毛掉进水坑没半个水波一样。那天看到广西壮族自治区政府原副主席徐柄松在案发后,说出希望政府能给他几十亩地,要为国家做点贡献的事后,不仅为这位"采菊东篱下"的现代陶渊明的想法而深思。由此可见,我们的法治建设是个什么样子,我们的自治区政府副主席的法律常识是何等的水平。照比把看守所副所长撂倒的蒋艳萍来说,真是太弱智了。

被逮起来,就得按被逮起来的去办。我想监狱中的人也不都是包青天转世,想来也是食人间烟火,奔忙在红尘之中。哪个被判了刑的大小贪官,都不是"小白菜"、"杨白劳"。家里也都不是穷光蛋,肯定还有那么几撂子钱,凭着以前的老关系,上下打点打点,是没多大的罪可遭的,说不定能独避一处静室,让你亲人来见,友人来访,谈画论棋看晓风残月呢。虽然昔日门庭若市,与今相比天上人间,我臆想,总会比老百姓的日子强多了

呢。他们想过这种生活都不能呢。

《大宅门》里的七老爷自进了监狱就在狱中过着逍遥的日子,他还不大爱出来。但我想贪官们还是爱出来的,外面世界还是比里边的世界精彩。几十亩地种起来,那是很累的,况且现在人均耕地不到一亩,一人就要几十亩,也是要雇人干的,那是要领导着一大批农民的。如果徐副主席的银子铺好狱中的每一条路总要比种几十亩地强多了,生活一定会充满灿烂的阳光。只能比七老爷的日子更滋润。种田,风里来,雨里去,面朝黄土背朝天。那是农民伯伯的事,哪里是作报告、赴宴、上镜头的公仆干的事,又哪里能吃得消。监狱里的生活对贪官是比较适合的。

好多贪官都在狱中忏悔,不该这样,不该那样,没有那样,就没有这样。写些后悔之类的文字,让更多的人吸取经验教训。会不会还是一支烟、一杯水、一张报纸混半天?汉寿看守所副所长万江乖乖服务于蒋艳萍,为她提供多种方便条件。湖南这个贪官尚且如此,其他的那些贪官们会不为"自由"而努力?虽然她既用了钱又用了自己的身体,但她的异性贪官朋友们也是个个有"经济基础"和"上层建筑"。世界上有打不通的墙吗?有凿不漏的锅吗?活人是不能被尿憋死的。以我这小人度之,不是死刑的大小贪官们的日子不是那么难活的。当然,没有自由了,没有轿子了,没有人请了,没有人奉承了,没有人送礼了。与贫困山区的人们相比,生活是天堂了。

我原来住的地方曾有个很有能耐的人,因为某事进了狱中。跟他有关的人怕他举报出来,便四方奔走,八方努力地保他,没

下篇
亦真亦假

多长时间,就被保外就医,看着他红红的脸膛、粗粗的腰杆、挺挺的身躯,真不知他医的是什么样的病。几年之后,我回家乡,倒发现他又做了某个地方的小官,又春风得意起来。他短暂的狱中生活是什么样我无从知道,但我知道他很感谢保他的人。

也许贪官们也像老百姓犯罪那样去劳动,去改造,也吃普通犯人那样的饭菜。那到底是个什么样子?什么滋味?什么内幕?还是只失去了自由?我这辈子是无法知道了,我儿子那辈子也是无法知道了。因为,我退休了,我儿子又是工人。

» 我的辞职报告

敬爱的领导：

  我是你手下的一名小小职员，虽然您尚不大熟悉我，但我对您还是充满无限尊敬的，所以郑重地向您提交了这个报告。我在公务员的行列里已整整公务了八年。八年后的今天，我经过三昼夜的认真思考后，作出了这个决定：离开人人眼热眼红，人人巴不得把子女送进来的伟大而光荣的为人民服务行列。这是我自愿自主的决定，绝对没有谁硬逼我这样做。

  我知道我进入这个行列、这个部门费了很大的劲，花了不少的人民币。据我老父亲讲，为了解决这个问题，曾为找到您的顶头上司的小姨子的二叔就费了九牛二虎之力，套上关系所费的力气就更别提了。结果我老父亲成了地地道道的"杨白劳"。蛮指望通过我走一条致富的光明大道，让他翻身之后也把歌唱唱，把舞跳跳，但八年之后，我还是那个小小的办事员。想想那些人追着老父亲要钱的情景，心就痛。展望未来，曙光倒是有，似乎太远了，远得让我泄气。眼前只凭我那干薪，不知何年何月才能

下篇
亦真亦假

"深山见太阳",如果我能尽快地"飞升",脱贫的希望就大了,但目前的形势下,真是十分渺茫。原因嘛,敬爱的领导您一定知道,我就不说了。

出身于工人阶级,血管中流淌的自然是工人阶级队伍所固有的血质,虽然经过大学四年的教育,但我血脉中奔流的还是握铁锤人的血水,没有任何一滴"人民公仆"的血液,父亲率真、坦荡、耿直的DNA没有丝毫变异地传给了我。结果,抡锤子的手怎么也拍不好马的屁股。有时想拍一拍,结果不是拍马蹄子上就是拍到了马尾巴上。喊着"起来,不愿做奴隶的人们"的嘴,怎么也说不出半点像点儿样子的蜂蜜话,弄得我老父亲见了我就直骂:"你的书读到脚后跟子里了?怎么就上不去?"面对工人阶级的老父亲,我敬爱的领导啊,我常常羞愧万分,恨自己不争气,对不起怀着殷切希望的双亲,对不起伟大光荣正确的党。望着他们羡慕邻居家当了处长的儿子的蓝眼睛,我就直想打自己几个耳光。这样的日子,我真受不了了。

让我讲学了四年的商业管理知识,我会道得明明白白,但在"为人民服务"上我就是弄不懂、搞不清。我也曾经努力过,把大量的行政管理知识书籍大捆地抱回家,大啃了几个月,但操作起来就不一样了,我自己是搞不明白到底是怎么回事。据说要"跑步钱进"和"日后进步",尝试着去做了,对人家来讲是小菜一碟,对我却是"满汉全席"。弄得我老婆骂我祖宗八辈子都是打铁的后人,为此都殃及我的儿子了。您也知道我处的部门有些事还是能卡出点"油星儿"的,但我的心肠怎么也不能像我老

冷眼看红尘

父亲手中挥舞的锤子那么坚硬有力,面对着那些艰难谋生的"主人",我无论如何刁难不起来,怎么也刚硬不起来。当了某局长的我的大学同学说我这样是犯大忌的。于是,我知道我是没救了,把好些人寄托在我身上的希望变成了肥皂泡。此时我真恨自己的这副"下水"怎么就硬不起来,怎么就不能变成"狼下水"、"狗下水"。我这孺子是不可教了,算了吧。

为了尽快让我的老父亲、老母亲和老婆、儿子过上几天舒坦的日子,我决定去经商。商路是很险峻,可能让我的心平静下来。请您不要认为我是发了四十摄氏度的高烧,我是把自己的脑袋按进冷水盆里四次才作了这个决定的。我知道经商赚的钱肯定没有那个路来得快来得多,但做事情讲个成本,成本小的人,是不能迅猛"发展"快速"上升"的,何况我这样的人。如果经商的话,我的四年所学就是我的成本。权衡再三,思考再四,我彻底地明白我不是个能"全心全意为人民服务"的人,该转道时就转道。八年的时间,于人生中不短,再八年我可能还是个小小办事员,或者被"精减"了。性格决定人的命运,我晓得我的性格。

您将我安排在您所管辖的部门,我将永远地感谢您,这大恩大德我将永生难忘。不仅让我知道了这一行的行业内情,而且让我了解了自己,认清了自己。否则,我永远是"白天不懂夜的黑"。

恳请您批准我的报告,让我在另一个海洋里游游。"为人民服务"这个大海洋中的水太深了,我的那点"狗刨儿"水性,是

下篇
亦真亦假

不能让自己"游刃有余"地在此中遨游的。不是怕被淹死,而是怕总沉在底下上不来,老爸、老妈、老婆、儿子都在等着靠着盼着我来养呢!我给不了他"官二代"或"富二代"的名分,但要努力给我的儿子一个美好的未来。我的责任是任重道远的。相信您会批准的,因为又可以安排一个人了。

吴奈局为人民服务部
史心

冷眼看红尘

» 与一个小秘书闲谈

提起"秘书"这个词,在我平滑的大脑中,那是个很让人羡慕的职业。整天陪着头头儿们游山玩水、吃香的喝辣的,最累的活是回到桌前写上几篇"八股"文,为领导唱唱"歌",谱谱"曲"。熬几年之后也弄个交椅坐坐,让"小八股"们侍候着,是很让人快活的。但那天与我相识十几年的一个秘书同事向我大倒苦水,看其后悔不迭的样子,我立刻与他尽抛前嫌,怀着救他于水火的情怀与他畅谈起来。

多好的职位啊,真是身在金坑视为火坑。想当年,我头拱地与你争这个位子,结果被你先拱了去,不就是你爹三叔的二大爷的孙子是那个位子的领导吗?我才去当了"城市美容师"扫了马路。那时你风光得让我眼蓝,好几瓶眼药水都没治好我的红眼病。夜里恨得想拿起木棒来揍你个人仰马翻,握扫帚的手都要把扫帚把捏成面条了。

你哪知做秘书的苦哟,听说你想当奴才,你当当就知道是个啥滋味。你想当人家不一定喜欢呢,你得会当,你得会做,不仅

下篇
亦真亦假

仅是让干啥就干啥。要有比干的心眼，孙悟空的火眼金睛。既要有现实观又要有未来观，既要眼观六路又要耳听八方，既要天衣无缝又要左右逢源。那个头儿侍候得不好，都要土豆子搬家——滚球子，连三孙子都赶不上。秘书是啥？是旧社会的"童养媳"，懂吗？"童养媳"！

你说历史上有几个识文断字的不是这么活？前日，我读钱理群先生的文章，才知鲁迅老先生早就这么认为了，他说知识分子在历史上始终处于"帮忙"与"帮闲"的地位，你虽说不是大知识分子，也是个有点子墨水子的人，虽处在帮的位子上助纣为虐，但偌大的地方也不是你一个人这么做，放宽心。

我不能容忍的是说假话写假话，还得装得像真事那样去看去写，不能脸红，不能手抖。抖了，头儿就不高兴。不虚假，不骗人，头儿就要怪罪。怪罪了，就没个好，就让你下岗，就让你分流。我那里分流下去的都是不会来事的人，这次我就要挨刀了。最不能让人忍受的是领导的指示今天这个样，明天又变成那个样，哪个样都是重要的。叫你不知何去何从，提心吊胆的，我的那点子才气都吓没了。

这只能是你的不是，说明你的良心还没有坏死。而只有坏死了良知的人，才不会这么想，丧失了善良，才不会这么分析，可见你还没有丢掉这两样东西，难怪你没再升官了。厚颜一些，无耻一些，也就没这烦恼了。建议细致深入研究《厚黑学》，学通了，你既没烦恼了，也能升官了。

试着丢了一些良心啊、诚信啊、善良啊什么的，可做起来，

冷眼看红尘

心里总有些抖。

你抖的是哪门子呢，似乎以前有人说过类似这样的话，要做官就不能做人，要做人就不能做官，是熊掌与鱼的关系，你是油梭子发白——还短炼。

我是该炼炼了，不妨说说你的高见。

那要看你是想做人还是做官了，做人要讲道德、讲人格、讲气节、讲尊严、讲善良、讲……想做官的话，就得那个，那个的。这个都没闹明白，你这十几年白跟着那些头头儿跑了，不要想什么这么做那么做是不是无耻，是不是丢脸，你看的也不少了。兄弟，要向前走这条路，没有最无耻，只有更无耻。

我决定重新做"人"了，以后要多和你联系。

那么你就要当官了，该恭喜你了。我也要跟你借光了。

下篇
亦真亦假

» 一个母亲的遗言

美靓,我的女儿,知你做贪官吴仕的情妇已有几年。以前,多次劝说你不要继续和他混下去,你都不听话。我就要不久于人世,永远地离开你了,最让我放心不下的就是你呀。妈妈是多么担心你今后的生活道路,想到你将来的结局禁不住涕泪交流、哀伤心痛。就让我最后劝说你一次吧,你就听一次话吧,我的女儿。

孩子,别和他这么混下去了,否则对你一点好处都没有。他有老婆有孩子,无貌无才,干巴巴小老头一个,如花似玉的你就把青春与未来交给他了?你没有名分,也没有地位,只是他养在"陈仓"里见不得阳光的豢养的"小老鼠"。你说你喜欢他的权势和金钱,但权势和金钱能像青山绿水那样永远吗?不能,我的女儿。你说"今朝有酒今朝醉",可你的明天很多很多。你柔弱的双肩能承载得了暮年的"风霜雨雪"吗?女儿,青春易过,暮年难活。

贪官吴仕腐败多年了。贪额很大,相传是"见钱就收,见位

就抢",影响很坏,从社会上看已露出腐败的蛛丝马迹,可说是虎尾春冰。你再继续和他这么下去,吃瓜落儿是肯定的。虽然他给你置办了房子、票子、车子,但一旦败露这些东西都会被没收的,你将一无所有、竹篮打水,还要"进去"。因为"性贿赂罪"就要立法了。我的女儿,你怎么就看不到这些?是那大叠的钞票蒙蔽了你的双眼而让你看不见你的未来是可怕的万丈深渊?女儿,那时"眼前无路想回头"就太晚了。你还这么年轻,路很长很长,而贪官吴仕的路已经快要走到头了。等待他的是暗无天日的地方,那地方是好待的吗?眼前的荣华是过往的云烟,短得很。你只看眼下富贵欢喜无忧,而妈妈为你已是忧心如焚,肝肠寸断了。

孩子,女人吃青春饭的日子能有几年?何况每个贪官的身边都是有成堆的靓女、美妇,贪官吴仕也不例外,看上去道貌岸然侃侃而谈,实际上一肚子男盗女娼。没有他不敢做的事,没有他不敢施的情。我的女儿,在这样的日子里,你千万要"扫好门前雪"。吴仕的地位危如累卵、朝不保夕。他的那些对不起国家民族的事,因豪赌使企业工人开不出工资、吃不上饭的罪行,贪污的天文数字一样的钱,在不久的将来就有可能被一一查清。你万万不可再插手他的腐败之事了,以免招出是非引火烧身,你要做好及时从他身边抽身的准备。对于他给你的那些不是正道来的钱尽快想办法处理掉,吴仕丧权之时是泥菩萨过河——自身难保,哪里能保护你,只能靠你自己了。

大腐败分子肯定有东窗事发那天,但我是看不到了。最让我

下篇
亦真亦假

不放心的是你怎么办,我的女儿,听妈妈的话坚决与他划清界限,彻底与他决裂。大胆揭发他的罪行,绝不能为他隐藏转移罪证。要像成克杰的情妇李平那样认真交代,以获轻罪。否则,后果不堪设想。看你死心塌地为他卖命,妈妈真替你焦虑,你要学学那些从他身上搂完钱、升完官就立刻逃开的女人。你因他入牢狱,太不值。进了那里一辈子就完了。女儿,你要好好想想未来。

  我的女儿,世上贪官都没有好下场。远的和珅,新中国成立初期的张子善、刘青山,当代的大大小小的贪官有几个是寿终正寝?他们身边人又有几个有好结果?女儿,你现在悬崖勒马还来得及。否则必成千古之恨,千古之悔。

  我的女儿,此一别唯有"那边"相见。独留你一人孤零零在这纷争的世界里,妈妈牵挂不止,眼睛都闭不上啊。让妈妈最后的眼泪阻止你歧途上的脚步,回头是岸。听一次话吧,我的女儿,永别了。

母字
××××年××月××日

冷眼看红尘

» 太爷爷的手杖

　　太老爷子是我爸爸的爷爷。"记忆中，我爷爷是个识文断字，英俊魁梧，沉默寡言的人。在我们那个大家庭里，没有人敢和他分辩，没有人敢对他的所作所为提出看法，他是我们这个家的最高权威。"我爸爸这样总结他的爷爷。爸爸是他爷爷的长孙，知道他爷爷的事情很多很多，每次讲起来都声情并茂，偶尔还用他自己手中的拐棍子模仿模仿。

　　爸爸的爷爷，我的太爷爷一生有五个儿子。爸爸说老爷子一生唯一的愿望就是能将祖上传给他的这个大家庭继续管理好。

　　大儿子留洋西方。曾迫于压力娶了个包办妻子，一星期后一去不归，留下一个我爷爷。大儿子又回到外国，娶了个西方女子，给老爷子生了好几个蓝眼睛的孙子、孙女。老爷子后来知道了将手杖使劲地往地上撮了三撮，没说一句话。三天后，我奶奶和我爸爸成了肥沃的10亩地的主人。

　　二儿子做个不大也不小的官。留洋的儿子曾是老爷子的骄傲，不过一去不归了后，二儿子就是他的骄傲了。人说"前三十

下篇
亦真亦假

年看父敬子,后三十年看子敬父"。因为这个儿子,他的小地主身份一下子擢升了好几级。用我们现在老百姓的话说,他成了某要人之父。不过,这个儿子在袖筒子里没装多少清风,倒装了不少银子回家。有了地位的二儿子给他的六十大寿摆的流水宴席,曾让老爷子风光了好长时间。后来二儿子因牵涉到了两个大官争权的斗争,而被贬谪回了家。看到回家的二儿子,老爷子也是像大儿子离家不归的那天一样将手杖使劲往地上撮了三撮,没说一句话。三天后,老爷子继续怡然地喝茶、饮酒、斗鸟。

三儿子是个经商的人。老爷子瞧不起经商的人,也就不管三儿子的事。三儿子成了个自由人,爱倒弄什么就倒弄什么。不过,三儿子经常弄一些很好玩的东西孝敬老爷子,老爷子的手杖还是三儿子费了不少心思给弄来的。三儿媳妇向老爷子告状说他儿子在外面赌博,还经常出入窑子。老爷子把三儿子叫来狠说了几句,还用拐棍子打了他,不过还是照样。老爷子对着三儿媳,也像大儿子离家不归的那天一样将手杖使劲往地上撮了三撮,没说一句话。三天后,三儿子名下的财产减少了一半。

四儿子最没出息,替老爷子收地租子。四儿子经常和农民来往,知道佃农的苦痛,不时就劝说老爷子不要对佃农太苛刻了。看到佃农收获的粮食少了,就在斗上做点手脚,让佃农少交点。有一天,老爷子突然发现,佃农们对他不那么毕恭毕敬了,对四儿子的态度恭敬有加了。老爷子坐在椅子上,对着四儿子也像以往那样将手杖使劲往地上撮了三撮,没说一句话。三天后,四儿子的权力被收回了。

冷眼看红尘

　　五儿子是老儿子也留洋了,但没像他大哥那样一留洋就不回家了。老爷子一生娶了两个太太,这个儿子就是他最喜欢的二太太生的独子。生这个儿子时,老爷子已经快五十岁了。"老儿子大孙子,老头子的命根子。"这个五儿子和我的爸爸年龄相仿,所以老爷子分外喜欢这个儿子。可能是因为太喜欢这个儿子了,留学回来的儿子不怕老爷子,总造老爷子的反。看见老爷子不给家人说话的权利,不允许家人对他提出反对意见的专制作风,这个儿子决定与家人一起和老爷子进行斗争。如何斗争的我爸爸没说,老爷子也是将手杖使劲往地上撮了三撮,没说一句话。三天后,这个最喜欢的儿子被关进了小黑屋里。
　　"我结婚时,爷爷连维持这个逐渐破落之家的能力也没有了,最后终于散伙了。"爸爸撮了三撮他的拐杖说。后来,我问爸爸为什么老爷子要撮三撮呢?爸爸说:"每一次,老爷子的三撮都是三个字,你自己回去想吧。"是哪三个字,愚笨的我想了好久才明白。

下篇
亦真亦假

» 假如世间真的有轮回

生命没有轮回，谁都知道，但并不妨碍给自己一个假设：轮回一次，即重新活一回。和好多人谈起这个问题，几乎每个人的回答都是对自己今生的否定。无论是活得滋润，还是活得艰难。

今生追求不到的东西，来生肯定渴望得到。这一点错儿都没有，实现人的梦想，对谁而言，都不是什么坏事。所以，我做梦都希望上天能让我轮回那么一次。

我要出生在高干的家庭，我可以直接进入高干子弟学校，不要再像今生这样，从我妈妈——农民二丫的肚子里爬出来没几天，就得上山割柴、下田种地。上中学，借钱；上大学，钱没处借。导致我爹娘泪流长河，我心里也怪不好受的。看太阳都是黑的，看高山都是灰的，看河流都是干的。

我要好好孝敬爹娘，好好地重新做人。坚决不让七十岁的他们还拿镐头刨地，种那几粒糊口的粮食。我要他们在我的别墅内，尽情地收获人民币，就像收获地上的粮食一样。我要让他们享尽人间的荣华富贵，和官太太官老爷的爹娘一模一样地潇洒活

一回，而不像今天的我心有余而力不足。

能再活一回的话，打死我，我也不再做今生这样倔强、耿直、笨拙、没眼力见儿的小犟驴儿。我怀疑，我娘在怀我生我的时候，是不是无意间多看了几眼我家后院拴着的小毛驴。我们那村子里有个迷信说法，孕妇多看谁，那未来孩子的性格就像谁。我要成为解缙老兄那样的人，看着钓不上来鱼的皇帝朱元璋满面怒容时，能马上说出："凡鱼不敢朝天子，万岁君王只钓龙。"历史的经验教训告诉了我："直如弦，死道边；曲如钩，封相侯。"一定不让爹娘再把我的性格生成像他拿的镐把那样直、那样硬。

假如有轮回，我肯定是"再也不能这样活，再也不能这样过"。做事一定前思后想，想好了我再说。今生这样小老百姓的日子，我是坚决彻底地抛弃诀别。要努力做官，做大官。努力做"公仆"，绝不做"主人"。改变山川河流，改变我家和我家乡的贫困面貌。我要让所有的孩子都能上起学，我要让所有的农民都不再为孩子辍学而苦恼。我不让人们献爱心，我要让人们献智慧，献能力，献知识。

假如不能生在那样的家庭，做那样的革命事业，那我就要生在纽约、芝加哥，或大不列颠、法兰西。不必看管我的那个人的脸色，只管看自己有没有水平，有没有能力；不必每时每刻都提着我的小心，吊着我的小胆：明天早晨会不会被上司的小舅子、姨妹子给顶替了，虽然十个小舅子加起来，也没有我一个脑袋瓜好使。

下篇
亦真亦假

　　我要出生在一个，只要不违法，只要不侵害别人的利益，就可以想说什么就说什么，想怎样做就怎样做的地方。不必担心没理由地就被捆进了收容所，没原因地就被弄死了。最次也要生在一个，能让我放心地吃肉、吃大米、吃馒头，能让我放心去吃药、打针、动手术，给我最起码安全感的地方。注了水的肉罢了，有毒的大米和馒头，会要人的小命儿。纱布或小钳子什么的，留在肚子里，可不是什么游戏，更不是什么好玩的事情。

　　噢，对了。忘了人生里最重要的一件事：婚姻大事。假如给我轮那么一回的机会，皇帝的三宫六院七十二妃的福气，我就不奢求了。但我一定诚恳地向某些人学习学习，当然是在上述的愿望实现的前提下。这也是我强烈希望人世间能有轮回的一个很重要的原因。不要见怪，我们的告子都说"食色，性也"。我敢说出来罢了。

　　假如人世间有轮回，我……

　　可惜啊，可惜，这人世间是没有轮回的。我知道我这辈子就这奶奶样了，没辙了。

» 小山是否该进城打工?

因到某山区去采访,在回来的路上正好经过我的姑奶家,顺便代父亲看看她老人家,所以在她家住了一天。傍晚,姑奶告诉我他们家要在晚上唠唠,她的"唠唠"就是我们说的那种"家庭会议",让我这个有文化的人也参加。事情是姑奶家那考上大学却没钱上大学的孙子小山,近日吵闹着说要进城打工,定要挣一笔大钱回来不可。他们家虽觉得对不起小山,可也不想让他到城里去干活。他奶奶和妈妈说死也不同意,小山说什么也要进城里活一回。奶奶说奶奶的理,妈妈说妈妈的理,小山说小山的理,"唠唠"是最后的决定。因为不好随便说话,我就顺手把他们说话的内容记在采访本上。把它整理出来,让读者们来说说,小山该不该进城打工。

妈妈:家里就你一个男娃子,去了城里我不放心。城里的桥动不动就塌了,车子动不动就掉沟里了,万一你正好赶上,我可怎么活?这倒不是妈最挂心的,妈最挂心的是到了城里你的日子怎么活?城里看不起咱们乡下人,只能干点人家城里人不稀罕的

下篇
亦真亦假

活。到工地去盖楼,你的身板能受得了吗?伺候人,和你爹一样的臭脾气,咋能行?到煤窑去挖煤?前院小六子到城里打工都八年了,至今人影不见一个,都不知是过得太好忘了他妈,还是在外面没了。他妈一听说哪里煤窑出了事,盖楼的架子上掉下个人,就心惊胆跳满大街地走。你忍心我也这样?

奶奶说:你妈说的对啊!山儿啊,你是我张家的独苗,你进城打工,要有个三长两短,我可怎么见你死去的爹?

小山:怎么能那么巧,偏偏就让我遇上?再说,我进城不就是为了咱家的日子好过点吗?爷爷和你有病都不敢去县医院看病,看着你们咬牙挺着,我心里多难受你们知道吗?我不出去打工,将来哪里有钱养活你们?哪里有钱给你们治病?哪里有钱给你们镶一颗牙?爹不在了,我要让爹知道,念不起大学,我照样能好好养活你们。

爷爷:我也知道你要到城里打工,是为了我和你奶奶、你妈有个好日子过,可我们不愿意你去外面受气。挣钱哪里那么容易?你爹是怎么死的你忘了?不给工钱,你爹和人理论,结果被老板打了个半死,回家才那么八个月就被气死了。唉!你怎还要走你爹的路?咱是农民,还是种地吧!在家种地安全。山儿,种地,种啥吃啥,苦点就苦点,可以少受点气,咱也没危险。我害怕你也像那些为讨工钱站到十几层楼上要跳楼的孩子那样,我还指望你将来到我的坟头,给我们烧几张纸呢!

小山:少受气?你和爹受村长的气少吗?爹为啥要到城里打工?还不是因为没法子了吗?种地?地那么好种?卖完粮,交完

191

冷眼看红尘

税,去掉本,还剩几个钱?爷爷,你以为我傻,不知道苦?在哪咱们这样的人不是苦?到城里苦点,钱还能多点。我进城多小心就是了。

妈妈:咱不是没能耐嘛!就得受人家的。在哪里咱们老百姓不是受气的命?忍忍吧,儿子。

奶奶:山儿啊,奶奶求求你了!听你妈和你爷爷的话,咱不是城里人,别想过城里人的日子。城里人那么多,听说下岗工人的日子比咱好不到哪里?你这个姐姐不是告诉你那么多城里人没活干,都在家待着吗!再说,你进了城,要是像你姐说的那个叫孙什么刚那样被无故打死,奶奶和你妈非哭瞎眼不可。不怕一万,就怕万一。

小山:不管你们怎样说,我是非进城去打工不可。

爷爷:兔羔子,就不准进城!给我老老实实地在家种地。

小山:死,我也要死在外面。没钱上不了大学,还不让我到城里打工,让我死好了。

小山转身进了他自己住的小偏厦,他爷爷气得脸通红,他奶奶和妈妈都在吧嗒吧嗒地掉眼泪。一个家庭会议,就这样没有开完提前结束了。第二天早晨我要走时,小山已经上山打柴去了。后来给姑奶家去信,他们也没有回信,不知小山到底进没进城打工?我还想给他们去封信,在你们看过这个"会议记录"说出你们的看法之后。

下篇
亦真亦假

» 我拿什么奉献给您

"白云奉献给蓝天,星光奉献给黑夜,我拿什么奉献给您",我的上司!想奉献给您点什么,我总是在"不停地问,不停地找,不停地想,啊……"

我最想奉献给您一摞子一摞子"杀人不见血"的东西。可是啊,把我的血抽干了,也变不成那一摞子一摞子的东西。我正在努力地买彩票,做梦都在希望几千万的大奖,啪的一声砸在我的脑袋瓜上。人要是点儿背,狗都不爱咬一口。可我绝不放弃只有这个能让我名正言顺合理发财的一千万分之一的机会。上司,您别总笑我把钱花在买彩票上,您哪里知道我的真实目的。我发财了,您不也跟着发财了嘛!我就像白云愿意奉献给蓝天,星光愿意奉献给黑夜一样,愿意把我的"白云"和"星光"奉献给您这位,我的蓝天,我的黑夜。

"长路奉献给远方,玫瑰奉献给爱情,我拿什么奉献给您",我的上司!我想把自己踏平为一条平坦的大路,供远方的您走近我,我想把自己变成没刺的"玫瑰",奉献给您爱

情。可是啊,我奉献不了哪怕一段平坦的小路,更不是朵漂亮的"玫瑰花",能让您身心那个愉快呀。我知道您爱有贝之财,不爱无贝之才;我也知道您不爱漂亮,却爱漂亮的人。我知道,小刘奉献出美丽,小张奉献出他舅舅的高层网络后,他俩就鲤鱼跃了龙门做了我的两个上司。他俩奉献不了的活计,就成了我的必需奉献。我拿什么奉献给您,我的上司!我不停地想,不停地问。

"星光奉献给长夜,江河奉献给海洋,我拿什么奉献给您",我的上司!奉献给您点土特产,您的夫人立刻变成了青白眼,白眼都没夹一下;奉献给您孙子一件玩具,您孙子给扔到了楼下。我不知道我还能奉献点什么。我不知道,我不知道拿什么奉献给您更好,我不知道怎么奉献给您更好!

"雨季奉献给大地,岁月奉献给季节,我拿什么奉献给您",我的上司!我真没什么奉献给您,我真想奉献给您点儿像样的东西。我不停地找,不停地想,您最缺的东西。啊,我找到了您最缺的东西,最需要的东西。我奉献我的责任心,我的诚实,我的能力,我的水平,在您最需要的时候。

"白云奉献给蓝天,星光奉献给黑夜,我拿什么奉献给您",我的上司!我不知道,不知道哪个更让您高兴,哪个能让您快乐。告诉我,我多想知道却又怕知道。

"黑夜里,我问个不休",你啥时能让我跟着您走,您总是微笑个不休,微笑个不休。身边的人都在向上流,脚下的路都在向前走,我多想抓住您的手,让我跟着您走。我等了好久,等得

下篇
亦真亦假

太久。唉,除了我自己,我一无所有,一无所有。可是,我还在等候,等候,奉献我的所有。

我拿什么奉献给您,我的上司!我"不停地问,不停地找,不停地想,啊……"

冷眼看红尘

» 可惜，爷爷回不到汉朝

　　生长在农村，进一步说是农民的女儿，农民的酸甜苦辣都在我的眼里。挣扎着走出来，怕继续祖辈的辛酸：纵然他们只剩一口气、一分力，即使八十岁也要继续在田里劳作。后来读到某杂文家的一系列有关农民问题的杂文，对这位我以前从不知道的杂文家，一下子有了十二分的好感。问题是提出来了，可是杂文家没有实施正确政策的权力。农民的问题还是问题，还在东南枝上挂着，结着一个个并不好看的果子。

　　农民问题是棘手，地大人多事也多。那么，在封建专制社会，我们的那些皇帝们是如何对待他们的农民的呢？带着这个问题，我从先秦一直"溜达"到了民国。发现皇帝们对农民问题都给予一定的重视，但也都没有从根本上解决什么大问题。看来，农民问题是从历史上一路走来的，并没有因为哪个人当了皇帝，就得到了改变。谁当了皇帝，农民都是最苦的，最累的。唯一能让人感到舒畅点的是汉朝的一些皇帝，特别是文帝。他十分重视农业，认为农业是天下的根本，为劝农民耕种，文帝还亲自耕

下篇
亦真亦假

作,以做表率。后来,他还听从人们的建议,大幅度地减轻农民的田租。在公元前167年,即文帝十三年,他又免除了农民的一些租税。到了汉景帝、汉武帝时,也在"继承发扬"汉文帝的政策。此时的农民就整个历史而言,还是很幸运的。皇帝都是如此地重视农业,把农民的事当大事来抓,谁还敢不重视农业问题?真重视还是假重视的标准,只能是农民的问题是否得到解决,农民的生活是否得到真正提高。汉朝的大部分皇帝在这点上都很聪明,把农业看得很重。因此,汉朝的农民造反最少。

汉文帝还曾颁下一道诏书,表示自己爱护百姓、体恤民情、关心老人。不论是农民还是小手工业者,对八十岁以上的老人,每人每月可以赐给米一石,肉二十斤,酒五斗;九十岁以上的老人,每人再加赐帛二匹,絮三斤。赐给九十岁以上老人之物,必须由县丞或者县尉送达。到了汉武帝时,得到了进一步的发展,对上述年龄之人,还可以免除其儿子或孙子的赋役。每月给这么多免费的东西,老人完全可以不用劳动,就能生活得很好。县丞或者县尉还必须屁颠屁颠地亲自送去,每月都得去一趟。这可不是只有到了过年,带着一袋米,两袋面,一桶油去走走。乡下我的爷爷,今年八十二岁了,常背着个破秤坐着毛驴车到我打工的小城市里来卖菜。看他蹲着摆弄脚边水灵灵的菜,不忍心看他的脸。因为他的脸和罗中立画的《父亲》太像了。罗中立画的不是父亲,那是所有的我们农民。《父亲》不朽的原因,是农民苦难和艰辛的不朽。

农民是这个国家里最老实的民,他们纯朴、坚忍、坦率、正

冷眼看红尘

直、柔弱。谁都可以拿根绳子勒紧他们的脖子,索出所想要的东西。农民是这个国家最好的民,不是公民,因为他们没有公民的起码权利和自由。他们不是爱土地,而是他们没有权利去爱别的职业,他们被牢牢地限制在土地之上。年轻的我们可以离开土地去打工,七八十岁打不动工了,土地是农民别无选择的根。在城市里,宁愿做最低劣、最肮脏的活,我也不愿再回去当农民。李昌平说的"农民真苦,农村真穷",一点也没错。所以,爷爷听到我告诉他的李昌平说的话时,感动得流下浑浊老泪。假如定要我"再回到从前"去做农民的话,我要回到汉朝,汉朝。因为,如果能幸运活到八十岁,即使老太婆我盘腿坐在炕头上,也有那么多的东西让我活着。而且我要凭借我的三寸不烂之舌,说服汉文帝或汉景帝或汉武帝,制定出"农伤事故制度"、"农民医疗保险制度"、"农民工资制度"、"农民退休制度"、"农民丧葬费制度",还要考虑到"农民防暑降温费"、"农民书报费"……

可惜的是,爷爷回不到汉朝,我也回不到汉朝。不过,回不去也好,汉朝没有电视,没有冰箱,没有热水器,没有浴霸,没有QQ,没有互联网,没有……最重要的是没有冰箱,那么多的肉,会烂了。

下篇
亦真亦假

» 一张座位票的见闻

我是文化宫里一张小小座位票,我的历史使命很短暂,就是让人知道要坐在哪里,哪里是他该坐的位置。当人们知道了他的位置后,我的生命就结束了。可我的身价变化还是蛮大的,有时人们见到我就把我甩在一边,有时又值钱得很,不是谁想得到就能得到的。回望过去,总结历史,我基本上就只有这卑贱与高贵两种命运。

首先,来看我被人们甩在一边的可怜命运。这样的可怜命运,一般在我们这里开大型会议,我的兄弟们都被一个个单位"安排"走了,然后被登记在承办会议者的案头,最后一个个来到了开会者的手中。我们的每排把头的兄弟身上,大部分被贴上了某某单位的名字。这样那个单位缺了几个人,来了几个人,坐在会议台上的人,一看手中的登记簿子,就知道个门清儿。所以我们这些弟兄们,在被领走时,都会听到这样的一句话:不要迟到,不要缺席,一定要去,不然咱们要挨批。还有我们每每这时都要遭罪,一个个坐在我身上,屁股不是左扭扭,就是右扭扭,

199

冷眼看红尘

弄得我好难受,再不就是趴在我的胳膊上睡觉,弄得我的胳膊上到处是哈喇子,也不知道他们晚上到底都干了什么事,这样累、这样乏。还有的可能太无聊太闹心了,不是抠我衣服,就是抠我前面兄弟的后背,弄得我们身上的衣服不是这破了,就是那毛边了。我真不知道他们听了几句主席台上人讲的重要报告。后来,我知道这些"被安排"的人,正以这样的方式反抗"被安排"。

其次,再看看我最得意、最自豪、最风光的时刻。像放大片啊,演戏啊,明星演唱会啊,我一般才有这样的机会。这时的我们很金贵的,价格不菲,一票难求。有时我要经过好几个人的手,才能到最后那个人的手中;有时要花大把钱才能弄到我。这时的我们得到了最高礼遇,拿到我们,他们小心地收起来,总害怕弄丢了,弄坏了。人们花多少钱,就在什么位置找我们。此时的他们不用任何人的敦促,就积极主动提前来到我们的身边,即使不喜欢来,也完全由自己的意愿决定。坐在我们身上,他们洋溢着热情和盼望,根本没有心思睡觉,也没有精力来摆弄我们弟兄们的衣服。全身心地看台上的艺术,忘情地投入其中。记得上海的吴洪森先生说过"文化使人美",但以我这个座位票的感受那是:艺术让人高尚。

原来艺术不需要"被安排",却能让人有自觉的行为,也能让人自觉地花钱,更能让人变得美好、美丽起来。看来艺术比行政命令更有分量,也更有力度。要是报告啊、会议内容啊,能像舞台上的艺术一样,那么有魅力,那么有价值,那么吸引人,那

下篇
亦真亦假

么引导人，那么塑造人，那么鼓舞人，就好了。

人们爱说政治艺术，在我想来，总有给政治描眉画眼的感觉，而艺术政治，似乎就有了区别。我想，没有艺术的政治就是一朵塑料花。

冷眼看红尘

» 称呼透出的道理

贾局长：小王，你叫我老板，这样可不好啊，以后可不许这样叫了。我们都是国家的公务人员，是人们的公仆，是百姓的勤务员，怎么能叫我老板呢！我们与人民是血脉相连的骨肉关系，不是个体户，不是私营企业，也不是大公司、大财团的首领。称呼个体户、民营单位、大财团的头儿为老板，那是因为人家一个人说了算，人家想干什么就干什么，想怎么干就怎么干。人家的企业老板是单位财产的主人，对其治下公司的财产说了算的，喜欢盖楼就盖楼，喜欢买车就买车，喜欢去豪华酒店就去豪华酒店，喜欢去高级娱乐场所潇洒一回就潇洒一回，喜欢去外国旅游就去国外旅游，支出一笔，拿起就走。虽说我是咱这个局的领导，但有党纪国法在那撂着，我们可以随便这样干吗？我们有这样任意作为的自由吗？

再说了，叫老板，我们是什么了？咱们是堂堂的国家机构，是负责为全体大众服务的一个部门，咱们不经营管理，也不生产物品，也不开店营销商品，不能叫老板的。虽然有人用MBA来

下篇
亦真亦假

管理情妇，虽然有人批发官帽子，虽然有些人做了土地的掮客，但那只是少数。小王，你说是不是？

小王：您说的对，局长。以后我再不这样叫您了！

贾局长：小李，你也不能再叫我老大了啊！你也知道，老大那是黑社会的叫法，几乎是"残暴"、"欺诈"、"粗俗"的代名词。黑社会老大的一贯作风是蛮横、霸道、"我的地盘我做主"。我们是执政党的党政官员，政府是合法有力量的政府，党内有纪律，国家有法律，保卫国家有军队，维护治安有警察，我们用不着黑道那一套，就能治理好国家，叫老大不合适的。而且，近来我们党也把属于黑社会性质的帮派组织作为严厉打击的对象，他们视法律为儿戏，为所欲为，扰乱社会秩序，残害无辜，威逼利诱不明真相者，拉拢勾结腐败者，百姓对此深恶痛绝，我们这些领导对这些有深切的认识、了解、体会。小李啊，是有许多领导喜欢别人叫他"老大"或"老板"，那也是私底下这样叫，在公开场合，没几个人愿意被这样叫的。再说了，黑社会里没有什么民主、没有什么公正，更没有什么监督，一切独断专行，老大一个人说了算。想提拔谁，就提拔谁；黑来的钱，想给你分多少就给你分多少，不分给你独吞也可以。唯我独尊，顺我者昌，逆我者亡，具有生杀予夺大权。老大不满意了想怎么处置就怎么处置。我们是什么样子，什么纲领，什么纪律的党？我们是什么样子的政府官员？可同日相比吗？

当然啦，有几个职级不低的人在批评下属时，指着自己的鼻子说："你当我是谁？我就是黑社会老大！"是有点儿政府行为

"黑社会化",可他们是极少数。这样的人和穷人乍富一样是"瘪三乍贵",通过什么手段上来的,你们也能知道。其实,他们还没有深通中国执政党的为政之道,还没有深刻理解中国共产党的为官之本,还没有细致体会出如何来为人民服务。秋后的蚂蚱跳得最欢,盛夏的知了叫得最响。伏天都过去了,冬天的日子还远吗?雪莱是这么说的吧,小李?

小王:局长,您说的对,批评的对,以后我不这样称呼您了。

饭局散了,人们都纷纷走了。

小王:李处,看来咱们俩和老板的关系,要改进啊!

小李:王队,看来咱俩要进入老大的圈子,要很难啊!

下篇
亦真亦假

» 阳光剥去罪恶外衣

　　一篇好文,总能让人深思;一首好诗,总能让人铭记。"她把带血的头颅,放在生命的天平上,让所有苟活者,都失去了——重量。"近日翻台历,韩瀚为张志新写的这首《重量》不期然跃出脑海。

　　张志新,一个不该让人忘记的名字,已经被很多年轻人狐疑地提问:"张志新是谁?"张志新离我们而去三十年了。1975年4月4日,坚持真理、反抗强权的思想者张志新被枪杀了,倒在这片她深爱的土地上。依稀记得当年给她平反昭雪,被追认为革命烈士后的报道:临刑前,脑袋被几条大汉强按在砖头上,喉管被割断。

　　对真理,张志新是顾准之后的又一个真正的清醒者、思考者、坚持者。为此,她付出了宝贵而鲜活的生命。

　　乾坤之中,如果清醒者要为清醒付出尊严被践踏的代价,正义者要为正义付出身体被摧残的代价,思想者要为思想付出生命的代价,那么,糊涂者、邪恶者、无知者,将肆意主宰这个世

界,这个世界也将是罪孽的世界。

一个国家有众多的思考者,是这个国家的骄傲;一个民族有众多的清醒者,是这个民族的自豪。思想是不老的真理,真理是不朽的青春,青春是民族不断进取的力量,力量是国家发展的必要条件。思想是根,真理是源。无根的民族,是软弱的民族,无源的国家,是没有前途的国家。

阳光剥去罪恶的外衣,追随着逝去并不久远的独立思想者和坚持真理者,将她的清醒,她的呼唤思想自由的声音告诉给存活的我们:如果没有真正的民主与法制,悲剧同样可能会在每一个人身上发生!实现民主,发展民主,真正依法治国,才能保证任何一个公民思想的权利不被侵犯,不被打击,不被虐待。

陈独秀曾说过这样一句话:"历史不会重演,但错误会重演。"让我们都清醒地面对尘世,清醒地面对思想,清醒地面对错误,清醒地面对罪恶,纵然清醒难免痛苦。但为了让世上不再出现这样的错误、罪恶和悲剧,我们必须要做一个有头脑的人,有思想的人,更要教育我们的子孙成为有头脑的人,有思想的人。

此时,我愿意用雷抒雁的《小草在歌唱——悼女共产党员张志新烈士》这首诗中的一段来与你共勉:

感谢你用鞭子
抽在我的心上,
让我清醒!
让我清醒!

下篇
亦真亦假

昏睡的生活，
比死更可怕，
愚昧的日子，
比猪更肮脏！

冷眼看红尘

» 不是遥远的现实

回到生养自己的农村，看着儿时嬉戏的清澈小河已变成干涸的河道，落入眼中的是几汪似泪的浊水。家人说只有到了雨季，才有不深的河水流过，梦中的那个玩耍捉鱼的小河没了。望着这样的眼前之景，不仅想到只有我的故乡是这样吗？那日看了一份有关环境危机的报告，方知哪里只是我的故乡如此。

报告中有这样一段话"有学者曾大胆预测：生态失衡和自然环境的恶化有朝一日使我们'曾'居住过的地球只剩下三种东西：海洋、沙漠、山脉。"看着这样的文字，我是那样害怕，是那样恐惧，但面对日渐恶化的环境时，又是不争的事实。只是不知是在我们的哪代儿孙身上出现。

有资料显示"贵州省纳雍县，50年代初森林覆盖率为30%，到了1987年锐减为2.4%，现有耕地水土流失面积高达95%，泥土流失量为6.9万吨／平方公里，年流失820万吨。长此下去，30年后该县农田土壤将流失殆尽。这种生态环境的恶化所造成的直接恶果是：常年流淌的501处泉水残存228处，变为季节性出水。"

下篇
亦真亦假

如果在全国范围内去分析思考，又会是怎样的情况呢？

小时候到过黄河，看到滚滚的、黄黄的河水奔涌，以为它由来如此。学了一点知识后才知道黄河是在逐日逐月逐年变"黄"的。那么长江呢？"长江80年代每年侵蚀土壤44亿~50亿吨。每年入海泥沙7亿~8亿吨，超过黄河的4亿吨。"如此发展下去，后果又是什么呢？面对着那么多肥沃的土地被吞噬掉，面对着那么多黄沙涌进长江，在严酷的现实面前，我不知长江还能坚持多久？淤积长江中的泥沙日渐飞升，离变成黄河的路太近了，近的让人心碎。

仅仅变成黄色也就罢了，水质的化学污染更是让人触目惊心。那天读《寻找洛河氰化钠灾难真凶》（《南方周末》2001年11月8日）更是令人毛骨悚然。载着5吨的液体氰化钠的储液罐车颠覆于河水之中，此河水直向洛河流域洛阳进发，最后流向郑州与黄河。上帝啊，那是5吨氰化钠！5吨氰化钠啊！！想到清冽冽的溪水变成让人死亡之水，那会是怎样的惨烈。好在政府采取了紧急措施，但措施之后这条河流还是以前的那条纯净的河吗？好在有"紧急措施"，否则，恐怕因曹植的《洛神赋》而扬名全国的洛河，从此要以氰化钠而更加有名了，这"名"是恐惧之名。或许多少年以后，也不会有绿草、有游鱼。这不是无法抗拒的自然灾害，也不是不可避免的灾难，纯属是人类自己对自己的戕害。万幸的是没有流入洛阳，没有流入郑州，没有流入黄河。否则，结果是什么？不敢想，也不可想。

在水土流失、沙漠化的令人悲怆的残酷现实面前，人类又添

冷眼看红尘

加了一只自戕的手臂，无情地扼杀我们自己和我们的子孙，当长江变成黄河时；当沙漠席卷大地时；当……我们的罪过是不可饶恕的，我们将无颜去见我们的祖先，我们的子孙也会咒骂我们的。

今天虽然有了部分的保护环境的行动，但与破坏的程度相比是太微弱了，太不成比例了。基本上是停留在解决皮毛表面的问题上。仍然还在大肆毁坏，仍然在急功近利地开发，开发。"长江中下游湖泊面积50年代初以来减少了45.5%。号称'千湖之省'的湖北1066个湖泊，现仅存325个，水面积缩小3／4。洞庭湖50年来缩小一半，50年后将消失。"我们的子孙只能在书上看到"衔远山，吞长江，浩浩汤汤，横无际涯，朝晖夕阴，气象万千"的洞庭湖了。消失的只是这个洞庭湖吗？变黄的只是长江吗？不，不是，一定不是。

这是不远的现实。此时，忧患的一定不是我这个卑微的小人物，小女人，因为我已读了那么多有关这类的文章。

下篇
亦真亦假

» 我可不敢监督

　　生在红旗下，成了"半边天"，所以，读了几页书、识了几个字，每天愿意读读报，关心关心国家大事。对我们光荣、伟大、正确的党的知识知道一点点，监督就是我党非常重视又时刻强调的。这监督笼统地说就有党内监督、群众监督、舆论监督、人大监督、信访监督、民主监督，等等等等。只要是人，对我们的党就有权力监督。我原来工作的单位就常常召开很多种生活会，要求我们这些"主人"监督"仆人"。看到别人无所畏惧大胆监督，我觉得特"江姐"，佩服得很，但看到一系列的结果后，说啥我也不敢监督，就是拿绳子绑我、拿铁棒撬我的牙我也不敢监督。

　　我不敢监督，自有不敢的道理。

　　不是党内的人不知党内是如何监督的，但我知道"一把手"被你监督了，你的工作、你的生活肯定与往常不一样。一双小鞋的滋味，我想肯定不好受，虽然我未尝过，但我耿直的父亲尝过。我的爸爸曾是纪检干部，"耿直"了几次后，就被"耿直"

到了家里,从此让他永远对我们这些儿女进行"耿直"了。这也让我想起报上刊发的沈阳的慕绥新之事。他想怎样就怎样,市委常委会上他想来就来想走就走,此时纪检干部的眼睛是睁着的,但有谁敢去监督?老虎的屁股不是谁想摸就摸的。沈阳有个七十岁的胆特别大的共产党员周伟,敢摸的结果是:被开除党籍,两年劳教,五颗牙齿被"教养"掉。慕绥新当时对周伟这个案子的处理原则是:不减刑,不翻案,不院外执行。也不知那时慕市长是不是兼管司法,即使兼的话,我傻想,这"法"也有点儿太那个了。

党内的监督,我这个门外面的看得比较朦胧,但我也看到湖北省监利县的棋盘乡党委书记李昌平监督的结果。这位忠诚赤子是经过三个月的思想斗争才做出这个"不成熟"的行动的,他曾很悲壮地说:"新中国成立以来有三个人,梁漱溟、彭德怀第三个就是我,我是小人物,而且是最幸运的。"李昌平这样监督了一场后,就到了深圳打工。李昌平是一个经济学硕士,是一个共产党员,也曾是一个党委书记。

无论对一个人还是对一个国家,唯有爱了,才会要求他更加好起来、完善起来,也就总是指出他的缺点和不足,就像人说的"爱之深,责之切"。不在意了,可着瓜秧长,结什么瓜和结不结瓜都与他没有关系。让人说真话、写真事是真正对自己负责,就像一张报纸,不仅仅是歌功颂德。有一家报纸里的人们就因为替民众说话、为国家忧心而被撤职被处分,所有的工作人员要统一到一个思想上来。曾听说《法制日报》因刊登了反映某地的丑

下篇
亦真亦假

事,当地的领导竟然没收了该期报纸,我想在那里工作的人的日子也一定不是那么顺畅。这样的结果,别人感觉如何我不知道,反正我的感觉太不好了,挨了批又丢了饭碗。让我说啥就说啥,让我写啥就写啥,反正人没有脑子了。

说起群众监督,我们老百姓没有知情权,什么事情都是事发了才知道真相。往日里看到的都是电视上的光辉形象,就是听到一点风声,也不敢以卵击石。那些遭遇了万分痛苦被迫无奈去告状的,或怀着一颗爱心向组织反映问题的,结局好的不多。因为,那"状子"、那"情况"常常神不知鬼不觉到了人家的手里。群众的监督总是没有安全感,胆战心惊,就像《大雪无痕》中的廖红宇一样,那日子没个平静。一个人大代表曾对慕绥新进行监督:"市长要管好自己的配偶亲属。"这就惹恼了这位慕市长:"怎么能让这样的人当人大常委会委员?"这位监督人最后怎样,不大知道,我瞎猜可能不大好。

你要是一腔热血要监督,那是一件利民利国的好事。但你要向"我以我血荐轩辕"的人学习,要有好多不怕的精神,要有付出代价的准备。我是个缺钙的人,所以,我可不敢去监督,借我两个胆儿也不敢。

冷眼看红尘

» 盂兰盆拜忏会见闻

鬼间七月，鲜花凋落，月黑星稀，阴风飒飒，黑雾漫漫。五年一度的宏大盂兰盆大会于农历七月十五日在阴间广场隆重召开，阴间最高首脑阎王爷于百忙之中光临大会。大会之后，阎王爷前往参加盛况空前的盂兰盆拜忏大会。

参加本届拜忏大会的新鬼数量比往年明显增加，阎王爷看到来参加大会的鬼们如此之多，愉快地朝大小鬼们招手。不知道是因看了新鬼那片地方增加了鬼数而高兴，还是因看到大会办得有声有色而心情舒畅，阎王爷没有像往年那样作完报告马上就坐轿子离去，而是要到新鬼那一片和他们一起交谈交谈，还没走到座位，新鬼们就热烈地鼓起掌来，欢迎阎王爷的到来。

阎王爷亲切地对新鬼们说：今天来这里的都是新成员，对阴间还不太熟悉，简单说三句话。一是我们阴间和阳间那里不一样，你们要在这里好好学习，认真生活；二是到我们这里来的鬼从此都要讲实话、鬼话，绝不能讲假话、胡话、套话；三是我们这里没有"潜规则"，一切都按"明规则"办事，你们要放心地

下篇
亦真亦假

在这里做事。另外，到了我们这里要把在阳间做的事如实地说出来，今天不能在这里说的，回去也要和负责管片的鬼说，赏善司、罚恶司、查察司、崔判官四大判官将检验你们说的是不是真话，然后据此断案。他们都能各尽其长，各带其兵，各惩其恶，各报其功，无论造孽作恶的有多大本领，即使能上天，能入地，都难逃他们的手掌。

阎王爷看到了坐在最后那一大片黑乎乎的鬼们，来了浓厚的兴趣，立刻走过去坐下来对那一大片儿鬼说：站出来一个说说你们在阳间都是干什么工作的，怎么这么黑？为什么这么多一起都跑来了？不知道这里是见不着阳光、蓝天的阴间吗？一个黑鬼站起来战战兢兢地告诉阎王爷说："回阎王，我们这些鬼都是农民矿工，矿难让我们都死在了煤窑里，所以这么黑。我们下煤窑也见不着阳光和蓝天！"阎王爷叹了口气，原来如此。这里没有煤窑，你们尽可以放心在这里过日子。

阎王爷看到那一片西装革履的鬼们都坐在一起，通过往届的经验知道是在阳间有头有脸、有地位的人物。特别站起来对他们强调了一句，要求他们这些人要讲真话、实话，否则，要被打入十八层地狱，尝尝地狱里的各种酷刑。阎王爷还让一位穿深咖啡色皮尔卡丹上衣的新鬼，站出来说说他的情况。被阎王爷点名的那位站起来一直不说话，阎王爷问他为什么不说话。他这才吱声了："让我讲真话，我不会了；让讲假话、套话、胡话我会，也讲得好，可是你不让，我只好不说话了。"阎王爷问他在阳间具体是做什么工作的,那位"皮尔卡丹"扫了一眼周围和他一样名牌打扮的鬼说:"是当官的,具体说就是整天作报告的。"阎王爷感慨地说,原来如此。和蔼可亲的阎王爷再三强调他们都要提高认识,认真忏悔,不能像阳间的那些贪官那样认识,那样忏悔。同时,要求他们都要把自己的好事坏事一一写出来,虽然没有秘书也要完成。

阎王爷还对因"陆、海、空"灾祸来到这里的新鬼说,非正常死亡来这里的不是少数,要安心在这里生活,这里没有车来车往,没有船沉人亡,也没有飞机坠落。到了这里,用不着交通工具,一律都要靠自己的双脚。当然不是走,而是在飘。

会上阎王爷针对"阎王好见,小鬼难求"的问题谈了地府的看法。他说正在通过提高待遇,高薪养廉这个办法来解决小鬼难求及腐败问题,薪水的来源主要靠在地府生活的鬼们交纳。特别指出小鬼的薪水高了,解决起问题来会迅速、及时、认真、准确、公正、公平。

阎王爷还和新鬼们畅谈了有关鬼们的亲属送"别墅"、"轿车"、"二奶"等问题。他认为有碍地府的文明建设,阴间这些东西也是有特权的鬼才有权利享用,阎王爷讲正在群策群力想各种办法来有效地整顿治理这一腐败现象。

阎王爷就要离开盂兰盆拜忏大会时,看到一个被判了死刑的贪官飘飘地来到了大会,后面没有随行的大批人员。不过他手里拿着"伟哥"、"安全套",身后跟着"三陪小姐"、"超

下篇
亦真亦假

女"。哈哈!

  回去后给《地府日报》写了三篇消息,一个上了头版头条,两个上了二版。它们是《第N届盂兰盆大会隆重召开》、《阎罗王兴趣浓厚参加拜忏会》、《矿工鬼幸运被阎罗王提问》。

冷眼看红尘

》 杜十娘的"承诺"

"郎君啊,要是你饿得慌,对我十娘讲,十娘我为你做面汤;要是你冷得慌,对我十娘讲,十娘我为你做衣裳;郎君啊,要是你困得慌,对我十娘讲,十娘我为你解忧伤;要是你想爹娘,十娘我陪你回家乡。"多么痛彻心扉的承诺啊!但空对负心的李甲,这承诺也就只好投入滚滚江河了,可得了"狂疾"的李甲对此仍然十分不满:

面汤,狗食也。视我李家为何兮,纤纤细腰一步三摇能歌善舞的小姐手捧南北大菜、生猛海鲜、法国白兰地、英国威士忌,款款而来。灯光暗暗的、幽幽的,才够那么一点儿吃的情调。十娘啊,想脱离苦海谋求好处在我李甲身边做事不出点血行吗?不把你整到孙富那怎的,李甲我乃富甲一方的李布政的公子,相当于现今省长的儿子呢。见过世面,甭想用面汤来承诺我的心!

做衣裳,粗针大线,能值几个钱,样子还落后,是不是在糊弄李三麻子家的店小二?时装店有的是12万的裘皮,怎不弄两件送我暖身去寒,再说羊毛也曾出在我李甲身上,送了多少给你。

下篇
亦真亦假

暂不说此，空调弄两个来不是比衣裳暖和。不识时务的十娘啊，你以为缝个小袄就能糊弄、忽悠我李甲，做梦！

上竹床，那几片破竹子编成的床硌腰子不？怎不为我李甲的健康着想。扶我上星级宾馆还差不多，最好扶我进"总统套房"。还有小姐，对，最好准备外国小姐来按摩解疲乏，桑拿之后，侍儿扶起娇无力，啥事办不成，傻十娘，竹床送山区填灶炕烧火吧！

解忧伤，回家乡，唱段小曲就能解忧伤？何以解忧，唯有银子，从百宝箱里拿出几件祖母绿、夜明珠、"猫眼儿"给咱们弄辆奔驰，盖栋小楼，买台画王什么的，还愁啥？如今，两手空空如何见爹娘，不忧伤怎的？十娘啊，用你手中的东西谋点咱们和亲人的未来幸福多好。现在这个样，过期作废了不是。唉，你入鱼腹，我失珍宝，痛心我李甲焉。十娘，你是个十足傻娘子，人家广东汕尾市原副市长马红妹多精明，把家里吃的水果、鸡蛋、面包、衣服、油、米等都拿来让公家报销，人家说得有理：我是人民的公仆，吃、穿、用的都应该是公家的。你看你，多傻，傻到家了，脑袋进虫子了！

得了"狂疾"的李甲正痛恨地唠叨十娘，适遇慷慨救助杜十娘的柳遇春束装回乡巡查。听此唠叨不停，不觉大怒鞭之，于是，李甲逃之夭夭。

219

》"夜访"鲁迅

　　繁星闪烁，皓月高悬。脚踏祥云，小女子我飘飞到上海虹口区鲁迅公园。坐在天鹅绒般草地上的鲁迅先生，以他那我自小就记住的照片表情接受了我的采访。

　　记者：鲁迅先生您好！我是天朝属下的《冥报》记者，首先谢谢您接受我的采访。您来到冥府七十多年的时间里，人间依然关注您，无论是赞美，还是贬低，您都从没在人间消失。对您来说，是幸，还是不幸？

　　鲁迅：过去的生命已经死亡。我对于这死亡有大欢喜，因为我借此知道它曾经存活。死亡的生命已经腐朽。我对于这腐朽有大欢喜，因为我借此知道它还非空虚。我自爱我的野草，但我憎恶这以野草做装饰的地面。

　　记者：鲁迅先生，您的儿子周海婴撰写的《鲁迅与我七十年》一书记载，"1957年，罗稷南先生向毛主席提一个大胆的设想疑问：要是今天鲁迅还活着，他可能会怎样？不料毛主席回答说：以我的估计，要么是关在牢里还要写，要么是识大体不作

下篇
亦真亦假

声。罗稷南先生顿时惊出一身冷汗,不敢再作声。"您怎样看待这样的一个答案?

鲁迅:我向来不惮以最坏的恶意,来推测中国人的。

记者:先生,在《风波》里,九斤老太说一代不如一代,您真的以为是这样吗?您又怎样看待现在的人们?

鲁迅:我们自古以来,就有埋头苦干的人,有拼命苦干的人,有为民请命的人,有舍身求法的人,这就是中国的脊梁。这一类的人们,虽是等于为帝王将相作家谱的所谓"正史",也往往掩饰不住他们的光辉,就是现在也何尝少呢?!

记者:先生,您在这样美丽的公园里,是否看过陈丹青先生写您的书,如《笑谈大先生》,您认为他是否真正理解了您?

鲁迅:煤油大王哪会知道北京捡煤渣老婆子身受的辛酸,饥区的灾民,大约总不去种兰花,像阔人的老太爷一样,贾府上的焦大,也不爱林妹妹的。

记者:先生,我知道您一生都在关注中国的国民性改造,恕我冒昧向您提这样的问题:如果您活在当下,您将怎样面对现实?您还会写出锋芒毕露、泼辣犀利的文章吗?

鲁迅:天地有如此静穆,我不能大笑而且歌唱。天地即不如此静穆,我或者也将不能。

记者:先生,您在世时,对青年给予了无数的帮助与支持,您现在最想对年轻人说什么?

鲁迅:能做事的做事,能发声的发声。有一分热,发一分光,就和萤火一般,也可以在黑暗里发一点光,不必等候炬火。

只有真的声音,才能感动中国的人和世界的人;必须有了真的声音,才能和世界的人同在世界上生活。

多有不自满的人的种族,永远前进,永远有希望。多有只知责人不知反省的人的种族,祸哉祸哉!

记者:先生,您的散兵战、堑壕战、持久战说,给我的印象非常深刻,看来您对战斗有着深刻的理解,现在虽然是和平年代,但面对局势,我还是想问您怎样看待战斗与胜利呢?

鲁迅:称为神的和称为魔的战斗了,并非争夺天国,而在要得地狱的统治权。所以无论谁胜,地狱至今也还是照样的地狱。

记者:面对物欲横流金钱崇拜,您将作出怎样的选择?

鲁迅:有我所不乐意的在天堂里,我不愿去;有我所不乐意的在地狱里,我不愿去;有我所不乐意的在你们将来的黄金世界里,我不愿去。

记者:是啊,您在虹口公园里。我知道您经历了清朝末代、军阀混战、日寇侵略的中国,您如何看待新与旧这个问题?

鲁迅:先前,旧社会的腐败,我是觉到了的,我希望新的社会的起来,但不知道这"新的"该是什么;而且也不知道"新的"起来后,是否一定就好。

记者:先生,您怎样看待您自己?

鲁迅:我虽然自有无端的悲哀,却也并不愤懑,因为这经验使我反省,看见了自己:就是我绝不是一个振臂一呼应者云集的英雄。

记者:鲁迅先生,在即将结束采访之时,您对喜欢您的文章

下篇
亦真亦假

的人们最想说点儿什么?

鲁迅:无论什么黑暗来防范思潮,什么悲惨来袭击社会,什么罪恶来亵渎人道,人类的渴仰完全的潜力,总是踏着这些铁蒺藜向前进。什么是路?就是从没路的地方践踏出来的,从只有荆棘的地方开辟出来的。

记者:天快亮了,耽搁了您休息,再次感谢您在如此美丽的夜晚,如此美丽的地方接受我的采访!!

冷眼看红尘

» 有的人这样说

妈妈对儿子说：孩子你上哪都可以，就不能上局子里，那里有躲猫猫死，害羞死，做梦死，喝水死，撞墙死啊！

孔子对子孙说：我真搞不懂为什么？一会儿批倒批臭我，一会儿砸烂我，一会儿又把我竖立起来，一会儿又把我搬走！

老师对学生说：什么是封建皇权！我有点说不清，但我想权力就像你爸手中的镰刀，想割地块里的哪一撮韭菜就割哪一撮韭菜。

儿子对年迈的妈妈说：您无论如何要坚持活着，因为现在我还买不起墓地！

离休的爸爸对儿子说：这里的水真的很深，千万别来！

贪官情妇对贪官说：给我一千万，否则，我就去纪委告你！

阎婆惜对宋江说：还我自由身；把首饰等家产都给我；把你宋江的非法所得一百两黄金给我，不然就告到官府！

爸爸这样对我说：你问我发生大乱时会是什么样子，我用曾国藩的话来回答你，他说社会大乱之前必有三种前兆："1.无论

下篇
亦真亦假

何事,均黑白不分。2.善良的人,越来越谦虚客气;无用之人,越来越猖狂胡为。3.问题到了严重的程度之后,凡事皆被合理化,一切均被默认,不痛不痒,莫名其妙地虚应一番。"

亲属对刚进某部门的新人说:你问我他到底是个什么样的人?一会儿是魔鬼,一会儿是海瑞,一会儿是和珅,一会儿是比西门庆还西门庆,一会儿是代表,一会儿是无赖,一会儿是流氓。要看场合,来确定他是谁?

父母对进入幼儿园的孩子说:不要随便吃人家的东西;不要随便拿人家的东西;不要和坏人来往;不要和小朋友打架,要和小朋友团结,在一起好好玩;要讲卫生,要听大人话;不要撒谎,要说真话,有错就要改;要……

大领导对手下的小领导说:不要违反规定随便拿人家的钱,收人家的礼;不要大吃大喝,铺张浪费;不要"跑官要官";不要贪恋美色;不要接受性贿赂;不要随便到娱乐场所;不要欺骗、陷害其他人;不要在开会时打瞌睡,溜号。要服从领导;要搞好团结;要服从大局;要生活简朴;要……

我对我侄子这样说:有时你要非常务虚,有时你还要非常地实事求非!

爷爷对我说:我上学了,向雷锋叔叔学习,向邱少云学习,向董存瑞学习,向黄继光学习,向向秀丽学习,向欧阳海学习,向王杰学习,向龙梅、玉荣学习,向……学习;我上班了,我向王进喜学习,向孟泰学习,向时传祥学习,向孔祥瑞学习,向李素丽学习,向谭彦学习,向……学习;我当上官了,我向焦裕禄

学习,向孔繁森学习,向许振超学习,向任长霞学习,向牛玉儒学习,向……学习。一辈子让我向别人学习,现在退休回家了,我可不用再向谁学习了。

下篇
亦真亦假

» 一个专制家长的话

家长对外人讲：打孩子，就是打死我家的孩子，是我们家的事情，关你什么事？我最有发言权和动手权，不需要你来指手画脚、说三道四。你说你问一问是怎么回事？你问就是管我们家的事情，就是干涉我王家的内政和主权。先管好你自己家的事情，你家不也是这样事、那样事不断出现吗？再说了，我的家人现在和谐欢乐，情绪稳定，气氛祥和！你们多用精力反省反省自己的问题吧，把自家管好了没有？！哼！

家长对自家人讲：给你们吃，给你们喝，给你们活干，你们还不满意！你看看你们现在的生活比以前强了多少？我那时能吃到肉吗？能吃到干饭吗？看把你们狂的，还闹着不吃肉了，不就是有那么一儿点瘦肉精吗？能有多大的问题？小三子，你有病了还不吃药，你说胶囊里有毒怕带来更多的病，人家卫生部专家孙忠实已经说了，一天吃6个含铬胶囊没事儿！孙忠实是专家，专家说的话也能假吗？你们对胶囊铬超标这点事儿，不要大惊小怪，不要恐慌。我就不信，吃点，能怎么地？

冷眼看红尘

家长对被欺负的孩子讲：别哭了，别叫了！抢去了你的一点财产，你吃了亏，被欺负了，你要忍耐，你要冷静，你要理智。忍耐之中还要忍耐，冷静之后还要冷静，理智之外还要冷静。

家长对不顺从的孩子讲：你不满意我的家规、我的说法，那好，你就离开好了，有能耐就离开，就滚蛋。你离开了，我的家照样屋大物多，照样做我原来样子的糟子糕。不能滚开，那好，一个是你受着我的指挥，听我的话，继续忍耐、冷静、理智的状态；一个就是你继续不服我的管教，那么，我没有别的办法，只能用我的力量，来狠狠地揍你这个不听话、不服管教的倔孩子了。

家长对几个孩子讲：你们要感激我，你们要知恩图报，你们的今天谁给的？你们的衣、食、住、行都是谁给的？没有我，你们能长大成人吗？没有我，你们有这样的好日子吗？不要你有了一点儿成绩就忘了自己是谁！不要以为你们出了点小名，就不把我放在眼里。你们是我儿子，你们属于我们这个家庭，我们这个王姓家族。你们要时刻记得这个家，要感激我们这个家才行。你们说，是不是？

家长对砸了他家玻璃的人讲：对于你这样做，我表示强烈的不满和抗议；对你说的话，我表示遗憾；对这个事情的处理，我将十分关注。完了。

有没有这样一个家长，不管你信不信，反正我信！

下篇
亦真亦假

» 有这样的百姓，幸福

"当我们回望历史的群山时，不应只关注那些高耸的群峰。"丘吉尔的这句话让喜欢历史的我特别愿意看老百姓的事。近日看到一个话剧，有这样一句台词"老百姓有你这样的警察，真幸福"。看完回到家，突然觉得也可以变成这样一句话："有这样的老百姓，幸福！"没有主语，但我相信，你知道谁是主语。不信，且听我慢慢道来。

他们在自己下岗、孩子无法就业面前，他们仍是一不怕苦，二不怕累地艰苦坚韧地努力着、奋斗着，为政府纳税，为国家创造财富。

他们面对着毒大米、问题肉、农药残留量超标蔬菜、激素水产品等食品，百姓们还在健康而快乐地生活。有这样强劲体质和胸襟的百姓们，真是幸福。

他们在火箭式飞升的房价面前，相当地安居乐业，幸福生活。他们住着墙面漏水、墙皮脱落、地基塌陷的房子，找谁来解决都要若干天，或若干月后，百姓还在勤奋地为GDP努力。面对着"楼脆脆",他们还是满眼期待地渴望能有一间这样"脆脆"房子,来遮风挡雨,来娶妻生子,还在勒紧腰带殷切地遥望不知哪年哪月才能搬进去的毛坯房。

他们听到大人物说的"所谓看病难看病贵,我走遍全世界,看病最不难是中国,看病最不贵是中国"的话,他们刚强地咬牙挺着不去医院。在无钱埋葬的自己妈妈面前,他们选择了节省能源的"水葬",被判了罪,也还在顽强地活着,精神百倍地为明天去创造,去拼命工作。

他们在富人面前,百姓们的心理素质是那么好,看到在酒店里吃野菜的,看到在客厅里骑自行车的,看到有一大堆女小蜜的,看到贪赃枉法的,看到要将腐败进行到底的,他们只是"仇"了几眼。

面对着"我只为领导服务,你们算个啥?""你们这些人算个屁呀!"啥也不是或说是个"屁"的他们,辛苦而默默地养活着不是屁而是"啥"的"仆人"们。拥有这样主人的"仆人",一定体会到了幸福的滋味。

"如果我们不拆迁,你们这些知识分子吃什么?"被如此斥责的文化"主人",以及时刻要"小心你的命"的小记者,也都情绪稳定地在传播中华民族伟大而悠久的文化,记录和谐社会积极向上的新闻篇章,讴歌世界上最伟大的任劳任怨坚韧无比的人们。

他们遭遇不公时,一次次地正确对待!他们在合法权益受侵害时,一次次地顾全大局!他们在被欺骗、被蒙蔽时,一次次地

下篇
亦真亦假

相信组织！如此善解人意的百姓，只有中华民族才有！

面对着加了三聚氰胺的有毒奶粉，我们的百姓们依然充满希望，希望生出能抗拒三聚氰胺奶粉的中华小宝宝。为什么别国净出刁民呢？

他们在"被就业"面前，"被拆迁"面前，在"被快乐"面前……也正在一次次地"被幸福"，且幸福指数不断被提高。

有这样的百姓，多好啊！

» 我不想……因为

我不想吃到听音乐后的猪肉，因为我不担心猪听没听到音乐，只担心我买到的肉是不是得了病的死猪肉。

我不想谈论馒头是圆形还是方形的问题，因为我要考虑的不是馒头的形状，而是正在挖煤的乡下弟弟的安全问题、生命问题！还有他的孩子的学费，我爹娘的吃药问题。

我不想生个孩子，因为我怕我的孩子在现实面前，像我一样不得不成为一个无奈的苟且存活者和委曲求全者。

我不想晚上出去散步，因为我怕被当成了嫖客，把肋骨打断三根五根的，还无处去说。

我不想轻易拿钱资助，因为我怕我资助的对象是个局长或副局长的女儿或儿子。

我不想随便地献爱心，因为我怕我鲜红的爱心在他人那里变成了狼心狗肺子。

我不想听越来越好这类的歌，因为我越来越不糊涂，越来越知道谁的日子越来越好，谁的日子越来越坏了。

下篇
亦真亦假

我不想向任何人学习，因为我怕我认真学习了他们之后，就不是我自己的那副本真的模样和德行了。

我不想举报任何一个人，因为我不怕自己受迫害、受打击，甚至没了性命，却怕我的亲人遭到惨烈的报复。

我不想考什么副高或者正高，因为我百分之百清楚地知道我晋了职称后，这个职称队伍中又多了一个"货真价实"的冒牌货。

我不想看拆迁钉子户的新闻，因为邻居家发生的拆迁新闻，比报纸上的新闻更让我肝肠寸断，欲哭无泪。

我不想让我的学生变成一个个乖巧听话的应声虫，因为我怕一个个应声虫，在某一天齐刷刷都蜕变成一个个应声的大小奴才。

我不想看那些穿了几十万旗袍而主持的什么晚会，因为我伤心难过，这些钱啊，足够我那十几个失学的学生，从小学一直读完高中。

我不想继续做这个"主人"了，因为我知道现如今的时态，"公仆"好当，"主人"难做。

我不想……

可是啊，我不能不想，我不能不看，因为就在我的身边，就在我的眼里，就在我的心里。

冷眼看红尘

» 你这样对我说

你这样对我说：消费者，你要睁大眼睛，不要上当受骗；你要时刻小心慎重，不要贪图小利；你要……可惜啊，我没长孙悟空那样的火眼金睛。

你这样对我说：打工者，你要有自我保护能力；你要增强维权意识；你要通过法律途径解决问题；你要有对生命尊重保护的意识；你要……可惜啊，我没有上几年学，也没有法律文凭，更没有时间和钱财去打持久战。

你这样对我说：受害者，你要提高防范意识；你要增强防范能力；你要有分清好人坏人的辨析能力；你要有识别真善良还是假慈悲的能力；你要……可惜啊，我从来没有向人学过麻衣相术，也不相信那玩意儿，更没有在武术学校学过拳脚。

你这样对我说：下岗者，你要转变观念；你要自立自强；你要自力更生；你要不断进取；你要接受时代的挑战；你要把握实现自我价值的机会；你要……可惜，我这个"螺丝钉"已经锈迹斑斑，没有财力，也没有气力了。

下篇
亦真亦假

你这样对我说：蒙冤者，你要相信法律是公正的；你要相信人人在法律面前是平等的；你要相信错案率只占1%左右；你要相信冤假错案终会平反；你要……可惜啊，对我的错误率是100%，我没有第二次年华，更没有第二次生命。

你这样对我说："新失业群体"，你们经过了大学的教育，是有知识，也有文化的一代。要体谅国家的难处；要打破观念，敢于面对困难，困难是你们将来成功的财富；要树立正确的就业观念；要对未来有信心；要提高自己的能力水平；不要好高骛远，把自己放低了；要降低就业单位期望值；要培养创业意识和创业能力；不要都去挤公务员这个桥，干什么都是为人民服务；不要……可惜啊，我这个被农村人看成是城里人，被城里人看成是农村人的人，低到了尘埃里，也无法找到可以让我对未来有信心，有安全感，又能养起自己和已经倾家荡产的家庭的工作。现实，无情的现实是教会人选择的最好老师。

你这样对我说：患者，你不要有病不上医院；你不要有病硬挺着；你不要自己买药治病，会贻误病情；你不要到没有医疗许可证的地方就医；你要到大医院就治；你要找医疗专家确诊病情；你要……可惜啊，我要去了医院，我家里人就没粥喝了。

你对我这样说：购房者，你要理性购房；你要谨慎购房；你要擦亮眼睛看房子；你要注意卖房陷阱；你要提高警惕；你要合理消费；你要查验"五证"；你要……可惜啊，我既不知道我买房子的钱在谁的腰包里，也不清楚是谁在管理监督房产商！

你这样对我说：出门，你要戴好口罩；在家，你要关好门

窗；如果可能，你最好不要出门，以免受到空气污染。可是啊，我能不出门吗？不出门，活得了吗？

你这样对我说：……

你可不可以不这样对我说？你可不可以说说你曾做过了什么？你可不可以说说你该为我这个纳税人做点什么？

下篇
亦真亦假

》 民女致贪官情妇们的一封信

引子：原北京市门头沟副区长闫永喜被情妇毛旭东举报；原安徽宿州市计生委副主任刘晓辉被其情妇发网帖举报；历任宝鸡市市长、市委书记，陕西省政协副主席庞家钰，被他的11人"情妇告状团"举报；原茂名市副市长陈亚春被女记者愤然在网上发帖举报；原上海市普陀区区长蔡志强，情妇长期实名举报；原海军副司令员王守业被情妇举报；……于是我写下这封信。

贪官情妇们，你们好！

这么多年来，我不断地听到关于你们的各种各样的消息，对于你们的任何报道我都能很平静地面对，因为只有我们想不到的，没有你们做不到的。但你们现今的行为很让我震惊，不能不写下这封信。我先对你们说声对不起，以前只要听到你们的名字，我就感到恶心，觉得你们是不干净的，是依附在权贵者身上的虱子，是这个国家的蛀虫，等等。而今天不同了，你们也在以自己的行动参与到反腐的声浪里面。所以今天，我要感谢你们，感谢你们所作出的巨大贡献。

首先，我私自替纪委感谢你们。因为你们的举报既替纪委做了好些工作，又为纪委调查贪官节省了很多费用。纪委根据你们那最直接的证据，轻轻松松就把贪官们一个个绳之以法，再不需要别人利用领带、手表、西装、裤腰带等来探问是不是贪官。节省了国家很多的人力、物力、财力，这于国于民都是有贡献的事情。当然我也知道你们花了很多很多纳税人的钱，享受了非常人的幸福生活，但你们毕竟将大部分的钱消费在大陆这块土地上，不像贪官的妻子们都将财产转移到国外了，也跑到国外去消费我们纳税人的钱。

其次，我私自代表纳税人感谢你们。你们无私的牺牲精神，让我知道你们非常勇敢、坚强，是反腐的先锋队伍。在决定举报的过程中，你们也一定经过了痛苦的思考，进行了艰难的抉择，才选择了这样一条毁了自己，也毁了贪官的道路。你们不怕毁了自己，也要把贪官拉下马的执着精神，也让我深深地知道，反腐离了你们真的不行，所以有人说你们是"反腐功臣"，也是有某种道理，尽管这让某些部门的大门柱子上贴上了"羞耻"二字。不过没关系，你们仍然是像我这样纳税人需要感谢的人，没有你们，我不知道他们还要隐藏多久，还要贪污多少，还要在台上讲出多少廉洁动听的话语啊！虽然你们不是为了党和人民的利益，不是为了维护党的清正廉明，不是为了永葆党的执政地位，但你们使他们提前暴露在光天化日之下，减少了进一步的贪污腐败，从这点上讲，我就应该感谢你们。

最后，我私自代表"主人"感谢你们。我们这样的"主人"

下篇
亦真亦假

可以举报，但我们离这些贪官们的距离太远了，我们只能在电视上看到他们。他们走进基层都是前呼后拥的，他们的事情我们哪里能知道，即使有几个公民火眼金睛发现特殊表、特殊镯子，却原来是"借"的或"外国亲人送的"，结果不了了之。我们这些做了"主人"的老百姓不知道为我们服务的"仆人"每天都干什么，怎么干，也不知道明目张胆地偷拿了我们多少东西。我们不知道该怎么来监督，该拿什么来举报？如果我们举报了，说不定给我们戴上这个或那个罪名呢！而你们与他们零距离接触，他们身上几颗痦子你们都知道，举报的材料翔实，一举就能将贪官送进大牢，想报复都来不及。不用像有些举报者，没告倒贪官不说，还被权倾一方的贪官整个半死。其实，你们早就知道为什么现在举报的人越来越少，你们反倒成了告倒贪官的"英雄"的原因。我们做起来阻力之大、障碍之多的事情，你们的一张淫照，一组短信，一堆证据就轻松搞定，所以我这个"主人"真的深深地感谢你们！

今天就写这些，以后根据你们的情况发展，再给你们写信。谢谢阅读！

纳税人：民女

狼年蝎月狗日

冷眼看红尘

后 记

  杂文,在一般人的印象里,那是大男人鼓捣的东西。自己也曾想,一个没有受过正规大学教育的瘦弱女子也来挤这个须眉世界,是否不自量力?当我知道我敬佩的一个个杂文大家,要么大学毕业,要么研究生、博士生毕业时,真的很仰慕,心里总是很自卑、很难过,所以常常不敢把自己写的东西寄出去,怕人耻笑我的浅薄,怕人嘲笑我的无知。不过,因为喜欢,还是不管不顾地寄出去,所以也就有一些涂鸦之字发表了出来,这给了我极大的信心,使我坚持下来而没有放弃。

  女人在现实世界里首先是人,然后才是女人,女人只是性别特征,思想、文化、品德、人格、品质、良知等才是人的根本特征。见过我的人,一致认为我瘦弱而文静是个淑女,我自己也确实不喜欢表现自己,更不喜欢张扬自己,但我爱愤怒,爱气不公,更爱直言不讳,这大概就不是淑女了。是天性使然,还是性格使然,我不大清楚,但我非常清楚,每当听到看到令我气愤不

后 记

公的事，都抑制不住地想说几句，甚至有时想要举起并不粗壮的手臂扇他两耳光，尽管好多事情与我没有多大的关系，甚至与我根本没有关系。为此，我得罪了好多我本不该得罪的人，让自己承受了很多不公正的礼遇。但江山易改，本性难移，我还是这样的我。这一点特别像我的耿介、直率、坦荡的父亲。年龄可以做我的爷爷的父亲一直宠着我，由着我的性子长大，但他不知道他自己因耿直、率真、坦荡而造成的人生无奈和失败，也一样在我的人生里重演。然而，我深爱而敬佩我的父亲，因为他以一个真正的人的品格和胸襟，为我树立了一个做人的榜样，尽管因此我的心灵经受了很多的苦痛和悲伤。

这本杂文集便是我耿直、率真、愿意气愤的性格产物，虽然我知道我有"气"而无"力"，但做人，无论是男人还是女人，总得有一点儿"气"。一个甘于享受奴役的人，怎么可能有挺拔脊梁的血气？一个甘于献媚权势的人，怎么可能抬起高昂的头颅？我们无力扭转现实中的丑恶和不公，但我们有权利说出我们心里的愤怒和悲伤，我们有权利表述我们对现实的千般看法，我们更有权利言明我们对自由而美好未来的神往和期待。其实，愤怒还是悲伤，看法还是期待，都是因为我们对我们生活的这个世界的深爱，"爱之深，责之切"，深爱使我们对周遭的不合理、不公正、不平等，绝不能置若罔闻，绝不能无动于衷，绝不能麻木不仁。因为，我们是人，是有感情、有良知、有思想的人。

不管我的看法是如何的浅薄，也不管我的想法是如何的肤浅，都是一个走出乡村、扫过街路、剪过绿篱的女子悄悄来过这

片土地的声音。我知道,来到人世,每个人都有发出声音的权利和资格,尽管我的这个声音是那么低弱,那么渺小,转瞬即逝,然而它证明我真的来过,来过这样的世界。

作为一个人,作为一个女子,我来过,但我"不乖"。

"不乖"的我,真的很感谢那些我认识及我不认识的杂文界的老师和朋友,他们给了我很多无言的支持和帮助,使我这样一个蜗居小城的孤陋女子有勇气坚持下来。我的老师杂文家刘兴雨先生始终赋予拙作大力的帮助和支持,可以说拙作是在他的眼里一点点长大成熟起来的。我的另一位老师杂文家苏中杰先生与我远隔千山万水,对我一直非常关心关注,给了我无以数计的帮助和鼓励。在我的心灵深处,将永远回响着帮助过我关注过我的所有人的帮助和教诲之音。他们的帮助和教诲之音深沉、高亢而悠长,就如他们那情感四溢、文采飞扬的杂文,我将怀着无限感激之心品读、聆听、回想。不言谢字,因为它承载不了我的感谢!